L'ANNEAU D'OR

SERGUIEV-POSSAD • PERESLAVL-ZALESSKI • ROSTOV-LE-GRAND • OUGLITCH
YAROSLAVL • KOSTROMA • VLADIMIR • BOGOLIOUBOVO
SOUZDAL • YOURIEV-POLSKI

ÉDITIONS D'ART «P-2»

L'itinéraire touristique que l'on appelle « l'Anneau d'or », passe par toute une suite d'anciennes villes historiques de la Russie centrale, riches en monuments d'architecture. Le territoire sur lequel elles se disposent était au XIIe siècle le nouveau centre de la Russie qui se forma après la perte de l'autorité de Kiev, la « mère des villes russes » où se concentrait alors toute la vie politique et culturelle. Sous la pression de plus en plus forte des tribus nomades venues des steppes méridionales, la population locale commença à émigrer vers le nord-est sur les terres de la principauté de Vladimir-Souzdal protégées par de vastes forêts que la cavalerie barbare ne pouvait franchir. Les paysans, soldats, artisans, moines, peintres d'icônes s'en allaient par des sentiers secrets ou par voies fluviales emportant avec eux tout ce qui touchait à leur glorieux passé. C'est ainsi aussi qu'apparurent dans cette contrée des noms de villes et de rivières en dialecte méridional en souvenir des villes que les habitants avaient abandonnées, avec parfois un additif précisant le nouveau lieu d'accueil, comme Pereslavl-Zalesski (Pereslavl au-delà de la forêt).

Les conditions naturelles des territoires englobant « l'Anneau d'or » eurent une importance capitale pour l'épanouissement de ces villes. Ils étaient sillonnés de cours d'eau, possédaient de vastes espaces déboisés, de belles forêts pour le bois de construction et des gisements de pierre blanche, parfaite pour les bâtisseurs.

Les villes de « l'Anneau d'or » devenaient capitales de principautés où florissaient la culture religieuse et les arts. Elles étaient aussi des avant-postes contre l'expansion ennemie et d'importants comptoirs sur les voies commerciales reliant le Nord au Sud, l'Europe à l'Asie. On y voit encore aujourd'hui un grand nombre d'édifices religieux, des constructions défensives, des bâtiments de commerce et des palais. Les collections des musées abritent de véritables chefs-d'œuvre de la peinture d'icônes et des arts appliqués, les intérieurs d'églises sont décorés de magnifiques fresques. Visitant ces lieux, le touriste emportera avec lui une image inoubliable de l'originalité des us et coutumes et de la culture de l'ancienne Russie.

SERGUIEV-POSSAD

Serguiev-Possad n'entre pas dans le nombre des plus vieilles cités de « l'Anneau d'or », cependant, dans la culture et l'histoire russes, il occupa une place exceptionnelle. Son nom renferme un sens profond. Il est lié en premier lieu à celui du plus grand chef spirituel de la Russie – Serge de Radonège, canonisé en 1422, saint particulièrement vénéré par l'Eglise orthodoxe. Serge fonda ici, en 1345, un ermitage qui bientôt s'agrandit en monastère autour duquel se développa une bourgade (en russe – possad) habitée par toute sorte d'artisans qui pourvoyaient aux besoins du monastère et créèrent des métiers qui florissent aujourd'hui encore et dont les articles en bois, décorés dans diverses techniques, se vendent dans les boutiques longeant les murs du monastère.

Le pittoresque complexe architectural de la Laure de la Trinité-Saint-Serge (laure, terme désignant les plus grands et célèbres monastères où il était coutume, même pour les tsars, d'effectuer un pèlerinage à pied) qui s'intègre harmonieusement au relief environnant, se forma durant plusieurs siècles. Les bâtiments les plus anciens se rapportent à l'époque médiévale et les plus récents au XVIIIe siècle, comme le clocher.

Sa haute silhouette aux formes baroques, malgré la grande diversité stylistique des autres édifices, ne détonne pas sur leur fond, mais bien au contraire s'avère un puissant accord dans l'ensemble architectural. Le panorama de la Laure est comme un symbole de la culture russe, très diverse mais en même temps homogène.

La Laure joua non seulement un important rôle spirituel et religieux, mais fut aussi le témoin de maints événements historiques. Le monastère est entouré d'une enceinte fortifiée élevée aux XVIe–XVIIe siècles qui, plus d'une fois, démontra sa puissance. Au début du XVIIe siècle, durant les Temps troubles, elle résista durant six mois aux assauts de l'assaillant polono-lituanien. A la fin du XVIIe siècle, Pierre Ier y trouva deux fois refuge. Il s'y cacha en 1682 avec sa sœur Sophie et son frère Ivan lors de la révolte des Streltsy et, en 1688, lors du complot fomenté par l'héritière du trône, Sophie, fille aînée du tsar Alexis Mikhaïlovitch. Les onze tours de l'enceinte acquirent l'aspect que nous leur voyons au cours des XVIIe et XVIIIe siècles ce qui détermina leur décoration plus évoluée par rapport à celle, austère et fonctionnelle, qu'elles possédaient avant. Cela est particulièrement visible dans la construction et l'ornementation de la tour d'angle dite « du Canard » d'où, selon la légende, le jeune Pierre Ier aimait tirer à l'arc sur les canards volant vers l'étang voisin.

L'incontestable autorité de saint Serge de Radonège, son fondateur, assura au monastère, dès le milieu du XIVe siècle, un afflux constant de personnalités intellectuelles et artistiques désirant y travailler et de riches dons provenant de monarques, hauts dignitaires et familles aristocratiques. Dans les bourgs entourant Serguiev-Possad vivaient des paysans, des artisans travaillant l'étain et l'argent et maints autres maîtres œuvrant dans les domaines des arts appliqués. Grâce à eux, le musée de la Sacristie de la Laure et le musée d'Histoire et d'Art de Serguiev-Possad abritent des collections uniques de véritables trésors parmi lesquels se distinguent les pièces d'orfèvreries réalisées dans différentes techniques et surtout les ouvrages en tissus brodés. Ces chefs-d'œuvre de la « peinture à l'aiguille » sont exécutés avec tant de finesse que, selon Paul d'Alep qui visita la Russie au XVIIe siècle, on pourrait penser qu'ils sont minutieusement peints. Dès les premières années de son existence, le monastère devint un centre cultuel où l'on recopiait les livres saints, où travaillaient de talentueux littérateurs dont les plus illustres furent Epiphane le Sage et Maxime le Grec.

←

1. Panorama de la Laure de la Trinité-Saint-Serge

2. Laure de la Trinité-Saint-Serge. La Belle porte. XVIe–XIXe siècles
Entrée principale de la Laure

3. Poêle avec représentation de saint Serge de Radonège
Vers 1424. Musée d'Histoire et d'Art de Serguiev-Possad

4. Croix. XVIIe siècle. Par Andrei Malov
Musée d'Histoire et d'Art de Serguiev-Possad

Serguiev-Possad possède un grand nombre de monuments remarquables situés hors les murs de la Laure comme la chapelle du puit, dite de Piatnitski (de sainte Parascève Piatnitsa), édifice unique construit à la charnière des XVIIe et XVIIIe siècles, qui reflète les traits typiques du « baroque moscovite » : expressivité des éléments complexes et rapports harmonieux des volumes. Cette chapelle se trouve au bas de la butte sur laquelle se dresse le monastère et rencontre les pèlerins venant de Moscou qui puisent ici une eau miraculeuse.

Cependant les plus intéressants édifices qui déterminent l'aspect de Serguiev-Possad s'élèvent dans son cœur, la Laure. La dominante de l'ensemble du monastère est le clocher, dominante de la ville aussi car il se voit même hors de ses frontières. Il se dresse à plus de 80 mètres et sa svelte silhouette donne l'impression d'une extrême légèreté, chose rare pour un édifice

5. Chapelle du puit Piatnitski
*Fin du XVII*e*– début du XVIII*e *siècle*

6. Procession dans la Laure de la Trinité-Saint-Serge

7. Laure de la Trinité-Saint-Serge. Clocher. 1740–1770
Architectes Iohann Jakob Schumaher, Ivan Mitchourine, Dmitri Oukhtomski

baroque du milieu du XVIIIe siècle. Ceci est dû à la conservation des mêmes proportions des baies sur tous les étages qui se superposent en s'amincissant en hauteur.

La Laure s'édifia au cours de plusieurs siècles. Sous Serge, le monastère était en bois, selon certains documents, la seule construction en pierre était une cathédrale placée sous le vocable de la Trinité qui ne s'est pas conservée. Le plus grand ensemble était la cathédrale de la Dormition dédiée à la Vierge dont le culte était particulièrement vénéré en Russie. Le bâtiment répète dans ses proportions générales celui de la cathédrale de la Dormition du kremlin de Moscou, église principale de l'Orthodoxie et qui s'avère à son tour une copie de la vieille et vénérable cathédrale de la Dormition de la ville de Vladimir. L'extérieur de la cathédrale se distingue par ses puissantes façades au décor retenu strictement divisées par des pilastres. Au milieu du XVIIIe siècle, elle fut dotée de cinq coupoles en forme de bulbe. Celle du centre, placée sur un haut tambour, fut entièrement dorée, les quatre autres angulaires, un peu plus basses, furent décorées d'étoiles dorées en relief réparties sur le fond bleu foncé des coupoles. Les éclatantes fresques de l'intérieur rappellent par leur style celles de Yaroslavl. La somptueuse iconostase, haute et à plusieurs registres, date de la fin du XVIIe siècle. Près du coin nord-est de la cathédrale sont enterrés les Godounov. Le cercueil de Boris Godounov, sur ordre de l'imposteur Dimitri, fut enlevé de la sépulture des tsars de la cathédrale de l'Archange-Saint-Michel du kremlin de Moscou et remis à un monastère des environs. Par la suite, il fut transféré à la Laure de la Trinité-Saint-Serge dont Godouvov était le protecteur et le munificent donateur.

A côté de la cathédrale de la Dormition, dans la seconde moitié du XIXe siècle, grâce à l'argent du négociant Rioumine on éleva une petite chapelle enfermant une fontaine miraculeuse. Les formes de cet édifice sont stylisées dans le goût de l'art russe ancien.

Un intérêt particulier présente une autre petite chapelle (fin du XVIIe siècle). Ce petit édifice, richement ornementé d'éléments au dessin complexe, contraste admirablement avec les formes monumentales des cathédrales et du clocher. Sa silhouette compliquée est typique du baroque « moscovite » (appelé parfois style Narychkine ou russe) que l'on retrouve dans les églises dites étagées. Elle est constituée par une base carrée sur laquelle reposent trois prismes octogonaux allant en diminuant. L'impression de pittoresque vient du décor polychrome des façades et de la diversité des factures des matériaux employés.

Lors de l'érection de la fontaine on recréa le décor des intérieurs de l'église « sur porte » dédiée à saint Jean-Baptiste. En résultat, on obtint un complexe éclectique dans lequel se combinent des éléments de l'architecture du XVIIe siècle (époque de la construction de l'église) et des fresques exécutées dans le goût du XIXe siècle avec des icônes peintes à la manière académique et une iconostase de style Empire.

8. Laure de la Trinité-Saint-Serge. Cathédrale de la Dormition (1559–1585), chapelle « sur le puit » (fin du XVIIe siècle), tombeau des Godounov (1780), fontaine (1872)

*9. Laure de la Trinité-Saint-Serge
Cathédrale de la Dormition. Intérieur*

10. Laure de la Trinité-Saint-Serge. Eglise « sur porte » de Saint-Jean-le-Précurseur. 1699

La cathédrale de la Trinité, bien que de dimensions plus petites que celles de la Dormition, s'avère le centre spirituel et historique de la Laure. L'édifice de l'époque de Serge souffrit beaucoup après un incendie (1408) qui toucha tout le monastère. Il avait été incendié par les Mongols qui se vengèrent ainsi de Serge de Radonège qui avait béni et dirigé Dimitri Donskoï et son armée lors de la fameuse bataille de Koulikovo. Depuis longtemps, la cathédrale, construite par le successeur de Serge, le patriarche Nikon, était un lieu de dévotion et de pèlerinage car saint Serge est enseveli ici et parce que le génial peintre d'icônes Andrei Roubliov, aujourd'hui canonisé, œuvra au monastère. Comprenant la complexité et la responsabilité de la tâche, Nikon supplia Roubliov et son compagnon Daniel Tchiorny d'entreprendre la décoration intérieure de la cathédrale. La participation de ces maîtres au décor intérieur et l'icône, mondialement connue de la *Trinité*, peinte par Roubliov pour son iconostase déterminèrent le rôle exclusif de cette cathédrale dans la culture nationale russe. La perfection esthétique marque également l'aspect extérieur de ce monument. Construite dans les formes caractéristiques de l'architecture moscovite du XVe siècle, cette église, relativement petite et modestement décorée, attire immanquablement l'attention. Elle est harmonieusement campée, solide et solennelle, avec des murs légèrement inclinés vers l'intérieur, élégante et svelte grâce à son haut tambour, ses encorbellements et son portail en accolade.

L'idée d'unité et d'indivisibité, introduite sous une forme abstraite dans les proportions et la structure de la cathédrale, trouva aussi son incarnation dans la *Trinité* de Roubliov. De là le sens particulier qu'acquiert la cathédrale de la Trinité, premier mémorial religieux en Russie. Dans la cathédrale se trouve une châsse en argent avec les reliques du vénérable Serge de Radonège. Cet ouvrage, chef-d'œuvre des arts appliqués, fut exécuté en 1585 sur ordre d'Ivan le Terrible. Au XVIIIe siècle, au-dessus de la châsse on érigea un ciborium de style baroque entouré d'une grille. Le flux continu des pélerins qui viennent ici se recueillir sur les dépouilles du saint homme démontre avec évidence l'idée formulée par le vénérable Serge sur la nécessité d'une union fraternelle entre les hommes. Malgré la présence constante d'une foule dense de fidèles, un état émotionnel de recueillement enveloppe ce sanctuaire. Il semble qu'un miracle est prêt à s'accomplir, sensation peut-être due au judicieux flot de lumière qui éclaire l'intérieur de la cathédrale. Les baies, bien que possédant des dimensions considérables, sont disposées de telle façon qu'elles échappent aux yeux des fidèles et ne laissent passer qu'une lumière indirecte. La demi-obscurité qui règne correspond aux enseignements d'un autre vénérable saint de la religion orthodoxe, Cyrille du lac Blanc (Belozerski) : « ...à l'église, tenez-vous dans la peur, le cœur palpitant ». Plus de cent ans plus tard on adossa à la cathédrale une chapelle, petite mais harmonieusement proportionnée, où l'on plaça une châsse avec les reliques du second supérieur du monastère, Nikon.

11. Laure de la Trinité-Saint-Serge
Cathédrale de la Trinité (1422). Chapelle Saint-Nicolas (1548)

12. Jour de fête dans la Laure de la Trinité-Saint-Serge

13. Laure de la Trinité-Saint-Serge
Cathédrale de la Trinité. Iconostase et châsse de saint Serge

Dans la composition de la place de la Cathédrale, l'église du Saint-Esprit (1476) joue un rôle important s'avérant le lien entre les constructions tardives, austères et laconiques, et les bâtiments plus récents des XVIIe et XVIIIe siècles au décor polychrome. Edifiée à la fin du XVe siècle sur le type des églises « sous cloches », sa partie supérieure possède, pour des raisons fonctionnelles, des proportions plus élancées. Son volume principal est plus svelte et les lignes des encorbellements et des faisceaux de demi-colonnes plus effilées. Le voisinage de ces deux édifices montre, d'une manière très expressive, l'évolution des principes de l'architecture russe au XVe siècle et marque deux pôles dans l'architecture religieuse : la cathédrale de la Trinité paraît comme le puissant

14. Laure de la Trinité-Saint-Serge
Eglise du Saint-Esprit (de-la-Pentecôte). 1476

15. Laure de la Trinité-Saint-Serge. Palais Tchertogui
Fin du XVIIe siècle

16. Coupoles des églises du Saint-Esprit et de Mikheïev

guerrier des contes épiques, tandis que l'église du Saint-Esprit, la belle et pure jeune fille de ces mêmes contes.

La Trinité d'Andrei Roubliov est un chef-d'œuvre de la peinture mondiale qui depuis plusieurs siècles n'a pas perdu sa valeur d'image de dévotion. Elle nous montre avec beaucoup de clarté l'essence de la religion orthodoxe affirmant la dualité du monde. Dans cette conception religieuse, la perfection spirituelle a même valeur que la perfection physique. Pour cette raison les peintres d'icônes, dans leurs meilleures œuvres, d'une manière égale rendent sensible au regard la partie visible de la vie dans l'harmonie de ses lignes et de ses couleurs tout en lui donnant une représentation conventionnelle. Ils ne suivirent pas la voie de la peinture européenne qui à l'époque de la Renaissance cherchait à reproduire le plus exatement possible les impressions visuelles. Au contraire, l'art de l'icône, qui à l'époque de la Renaissance russe était lié en premier lieu au nom d'Andrei Roubliov, prenait pour tâche primordiale la représentation d'un sens symbolique ou d'une notion générale abstraite. Effectivement, dans cette *Trinité* nous voyons avant tout la représentation d'une image religieuse sur l'harmonie des débuts cosmogoniques. Trois figures s'inscrivent dans un cercle, elles sont le symbole de l'équilibre absolu. Le centre est marqué par la main de l'ange bénissant la coupe. Mais cette coupe n'est pas celle de la table hospitalière autour de laquelle le vieux couple et leurs serviteurs s'empressent pour donner à manger aux trois voyageurs (ainsi était représenté cet épisode de l'Ancien Testament avant Roubliov ; Gn, 18, 1–8), cette coupe est celle du Nouveau Testament, c'est la coupe rédemptrice du Christ, de ses souffrances pour tout le genre humain. Le profil de la coupe se répète plusieurs fois : dans le contour intérieur des figures des anges, dans celui de leurs ailes, dans la forme de la table, dans celle de son pied... Roubliov semble souligner le sens chrétien de la composition et beaucoup de critiques d'art expliquent cette image comme une illustration de la Trinité du Nouveau Testament : Dieu le Père, le Christ et le Saint Esprit. Mais ont raison aussi ceux qui notent l'essence humaine dans cette création, la beauté et la diversité des nuances émotionnelles sur le visage des anges et l'expressivité de leurs gestes, sur la similitude du coloris de l'icône avec les couleurs de la nature qui évoquent que le blé et les autres fruits de la terre sont mûrs sous le bleu limpide du ciel.

La *Trinité* fut toujours une icône particulièrement vénérée et il existe un grand nombre de variantes de cette composition de Roubliov réalisées par des peintres d'icônes. La *Trinité* de Roubliov, grâce à trois tsars, Ivan le Terrible, Boris Godounov et Michel III Feodorovitch fut dotée d'un magnifique revêtement en or. Cet ouvrage, réalisé dans diverses techniques, montre le haut niveau atteint par les arts appliqués en Russie et la virtuosité des artistes qui participèrent à cette création. Il est intéressant de noter que dans le registre inférieur de l'iconostase figuraient deux icônes identiques de la *Trinité* : Boris Godounov en avait commandé une copie avec son somptueux revêtement en or.

Avant le XIXe siècle, la valeur historique ou purement artistique des icônes en tant qu'œuvres d'art était reléguée au second plan. C'est seulement au début du XXe siècle, après que l'on eût enlevé le revêtement en or couvrant, hormis les visages et les mains, toute la *Trinité* de Roubliov, nettoyé et débarrassé la peinture des traces de suie et des retouches

17. Andrei Roubliov. La Trinité. *Icône. Début du XVe siècle Galerie Tretiakov, Moscou*

18. Revêtement en or de l'icône de la Trinité *de Roubliov Fin du XVIe–milieu du XVIIe siècle. Musée d'Histoire et d'Art de Serguiev-Possad*

19. Laure de la Trinité-Saint-Serge. Eglise « sur porte » de Saint-Jean-le-Précurseur. 1699. Intérieur

ІС
ХС
НИ
КА

20. L'Apparition de la Vierge à saint Serge de Radonège
Linceul. 1525. Musée d'Histoire et d'Art de Serguiev-Possad

21. *Chasuble. 1640–1680. Musée d'Histoire et d'Art de Serguiev-Possad*

22. *Mitre. Début du XVIIe siècle. Musée d'Histoire et d'Art de Serguiev-Possad*

postérieures, qu'apparut aux yeux des restaurateurs une véritable œuvre, peinte par un génial artiste ce qui provoqua un choc dans le milieu des peintres, des historiens d'art et des amateurs de peinture.

La charnière des XVIIe–XVIIIe siècles marque dans la culture russe la fin de sa période médiévale, le déclin d'un art particulièrement éclatant avec des formes artistiques qui avaient atteint un esprit décoratif extrême. A cette époque, la Laure se dota de plusieurs édifices construits dans le style du « baroque moscovite ». Avec l'argent des riches négociants Stroganov on éleva sur la Belle porte, entrée principale de la Laure, une église placée sous le vocable de saint Jean le Précurseur, on érigea aussi le palais Tchertogui, résidence de passage des tsars et le Réfectoire avec son église, tous rehaussés d'éléments ornementaux polychromes. Le baroque européen cherchait à animer au maximum la surface plane des façades, tandis que la variante moscovite conservait encore la clarté et l'unité des volumes, mais introduisait une profusion d'éléments et de détails complexes (chambranles, colonnes torses, linteaux, gâbles, balustres...) On peignait les murs dans différentes couleurs ou en imitant un appareil en pointe de diamant, on utilisait des matériaux de diverses factures entre autres des carreaux de majolique polychromes. En résultat, l'édifice acquérait le caractère féerique d'un palais sorti de quelque conte populaire.

23. Laure de la Trinité-Saint-Serge. Réfectoire. Détail de la façade

24. Laure de la Trinité-Saint-Serge. Réfectoire et l'église Saint-Serge. (1686–1692), église Mikheïev (1734)

→
25. Laure de la Trinité-Saint-Serge. Réfectoire. Intérieur

PERESLAVL-ZALESSKI

Laissant derrière lui la Laure de la Trinité-Saint-Serge, le touriste suivra la route pittoresque allant vers le nord. La route monte et descend permettant d'admirer le paysage alentour. Bientôt apparaîtra la petite ville de Pereslavl-Zalesski, sise dans un site ravissant au bord du lac Plechtcheïevo.

Les environs de Pereslavl, propices à la vie, aux travaux des champs et à la pêche, étaient depuis fort longtemps habités, en témoignent les vestiges d'anciens sites d'habitation, le vieux bourg de Klechtcheno, ainsi qu'un légendaire dieu païn appelé « Pierre bleu ». C'était, en fait, un énorme rocher transporté ici de Scandinavie par les glaciers et qui durant plusieurs siècles effectuait de mystérieuses migrations sur la rive du lac, sortant de son fond ou du trou dans lequel les religieux l'avaient enterré.

La ville fut fondée en 1152 par l'énergique prince Youri Dolgorouki et baptisée du nom de la ville de Pereiaslava qui se trouvait au sud-est de Kiev à l'endroit où la rivière Troubèj se déverse dans le Dniepr. La rivière locale fut aussi baptisée Troubèj. Un tel emprunt de toponymes était une sorte de malice du prince désirant attirer les émigrants quittant Kiev et ses environs assaillis par les tataro-mongols et, par ce fait, souligner qu'il prenait la succession des princes de la glorieuse Russie kiévienne. Bâti sur la rive du lac, Pereslavl-le-Nouveau, comme on l'appelait alors, s'entoura de remparts de terre qui se sont conservés jusqu'à nos jours grâce aux pieux de chêne qui forment leur base. Les hauts remparts surmontés d'une enceinte, la rivière Troubèj et son affluent la Mourmaj et les marécages d'alentour, tout cela constituait le système défensif de la cité.

De 1238 à 1253, Pereslavl fut gouverné par le prince Alexandre Nevski qui s'était illustré par ses victoires sur les Suédois et les chevaliers Teutoniques. En février 1238, la ville fut incendiée par les hordes tataro- mongoles. Le prince fit reconstruire la ville et rétablit l'enceinte et ses tours.

Se développant au cours des siècles, Pereslavl se déploya sur plusieurs kilomètres le long du lac, occupant l'espace entre les deux collines qui ferment la vallée. Sur la colline nord, à la fin du XIe siècle fut fondé le monastère Saint-Nicétas, le plus ancien de la région (les bâtiments en pierre que nous voyons datent des XVIe–XIXe siècles). Il porte le nom d'un saint local Nicétas, ancien percepteur d'impôts concussionnaire, qui pour se repentir, se fit stylite. A côté du monastère se trouve une source miraculeuse dite de Saint-Nicétas. Au cours de la seconde moitié du XVIIIe siècle, la ville se développa activement et devint un centre commercial important, possédant une industrie légère en peine extension. Parmi le grand nombre d'églises, principalement de style baroque, se distingue celle de la Présentation-au-Temple (ou d'Alexandre-Nevski) se dressant à flanc de coteau, construite en 1776, et qui avec son portique à colonnes trahit l'influence d'un nouveau style, plus strict et laconique, le classicisme.

De la colline nord s'ouvre un large panorama sur la ville avec, au sud, la silhouette du monastère de Goritski et sa cathédrale de la Dormition. Ce monastère fut fondé au XIVe siècle sous Ivan Kalita aux frontières sud de la ville, au croisement des routes venant de Moscou et de Serguiev-Possad. Sa position stratégique en fit une proie constante des assaillants. Souvent attaqué, il brûla plusieurs fois. Ne nous sont parvenus que les bâtiments des XVIIe–XIXe siècles. Du point de vue architecture, les plus intéressants monuments se disposent dans la partie sud-est de l'enceinte monastique où se dressent la maison de Garde jouxtée par des portes, au sud les portes Saintes avec au-dessus l'église Saint-Nicolas et, à l'est, les portes Cochères. Ces dernières, au décor opulent, trahissent les tendances ornementales caractéristiques pour la seconde moitié du XVIIe siècle. On remarquera l'original décor obtenu par l'ingénieuse disposition des briques et les niches ouvragées ornées de chevaux moulés d'un style naïf simple mais élégant. Le fronton rocaille fut érigé postérieurement. Ces portes produisent un effet particulier lorsqu'elles sont éclairées directement par le soleil, c'est alors que dans l'enchevêtrement de la lumière, des ombres et des reflets apparaît dans toute sa beauté l'astucieuse combinaison de l'appareil de briques.

←
26. Monastère de Goritski (de la Dormition)
Fondé au XIVe siècle

27. Panorama de Pereslavl-Zalesski
A gauche, l'église de la Présentation-au-Temple (1776)

28. Monastère de Goritski. Les portes Cochères
XVIIe siècle

29. Monastère de Goritski. Eglise de Tous-les-Saints
et le réfectoire. XVIIe–XVIIIe siècles

Le monastère abrite un musée d'Histoire et d'Art possédant une des plus riches collections comparée à celles des autres musées provinciaux. On notera le département présentant des icônes sculptées et des sculptures et celui des peintures exposant des œuvres d'Ivan Chichkine, Constantin Makovski, Henrich Semiradski, Alexandre Benois, Zinaïda Serebriakova.

On transféra sur le territoire du monastère deux chapelles en bois provenant de villages des environs de Pereslavl. A côté d'elles, par contraste, se détache solennellement la cathédrale de la Dormition. Cet édifice de style baroque se distingue par son plan complexe, sa composition étagée, le décor de ses chambranles, la diversité de ses pilastres, le fractionnement de ses façades et l'originalité de ses tambours. Les intérieurs sont somptueux. Les murs et les voûtes sont couverts de fresques et de nombreux détails moulés : corniches, arcatures, linteaux, cartouches, guirlandes de fleurs, chérubins et anges. Les moulures blanches se détachent avec beaucoup d'effet sur le fond bleu ciel des murs. La majestueuse iconostase à multiple registres est un parfait ouvrage en bois sculpté. Cette œuvre, unique par son état de conservation, réalisée par Yakov Joukov, inclue aussi des groupes sculptés, des détails architecturaux aux profils complexes et différents motifs ornementaux.

30. Vue du monastère de Goritski

31. Monastère de Goritski. Cathédrale de la Dormition
Milieu du XVIIIe siècle

32. Monastère de Goritski. Cathédrale de la Dormition. Intérieur

Le monastère Saint-Nicolas, qui se trouve près de l'enceinte fortifiée, est aujourd'hui en pleine restauration. Une partie de ses murs défensifs dotés de petites tours, nous montre l'évolution du système de fortification des monastères allant de la puissante muraille à des constructions plus décoratives.

Près de l'église de la Présentation-au-Temple et du monastère de Goritski se dresse celui de Saint-Daniel se distingant par la silhouette originale de ses édifices religieux où se sont conservées les fresques exécutées au XVIIe siècle par le célèbre atelier de Gouri Nikitine. Sur la route de Moscou se trouve encore le monastère Saint-Théodore dont les plus anciennes constructions remontent à l'époque d'Ivan le Terrible.

33. Monastère Saint-Nicolas. Ces coupoles dorées décoreront bientôt la cathédrale de Saint-Nicolas (fin du XVIIe siècle, restaurée en 1993)

34. Monastère Saint-Théodore. Eglise de la Présentation-de-la-Vierge. 1710

35. Environs de Pereslavl-Zalesski

De tout temps, Pereslavl-Zalesski attirait les artistes de toute la Russie par la diversité de ses monuments d'architecture et la beauté pittoresque de ses paysages. La Belle place (*krasnaïa*, en russe signifiait primitivement belle, adjectif qui plus tard prit le sens de rouge) de Pereslavl est couronnée par la cathédrale de la Transfiguration-du-Sauveur qui à le même âge que la ville et s'avère la plus vieille de toutes les églises du nord-est. Par ses formes austères et laconiques, elle se distingue de celle de Vladimir au riche décor sculpté qui date pourtant de la même période. Elle contraste aussi avec les nombreuses autres églises de la ville érigées au XVIIIe siècle. Ces dernières possèdent un plan plus complexe et des façades polychromes comme celle de Saint-Siméon qui se dresse sur la route menant à Rostov, ou celle des Quarante-Martyrs, au décor opulent, qui s'élève à l'embouchure de la Troubèj dans le lac Plechtcheïevo et qui durant plusieurs siècles servait de point de repère aux pêcheurs du faubourg s'étirant sur les rives de la Troubèj. Cette rivière, à l'époque navigable, est aujourd'hui ensablée, mais le train de vie des habitants du village a conservé son caractère archaïque. C'est aussi cette rivière et, bien sûr le lac, qui déterminent l'originalité du coloris de Pereslavl. Notons en passant que le blason de la ville a pour meuble deux poissons d'argent.

C'est sur ce lac que Pierre Ier fit construire ses premiers bateaux. Un seul d'entre eux nous est parvenu, le « Fortuna » qu'abrite un petit musée qui conserve aussi le souvenir des activités navales du fondateur de Saint-Petersbourg.

36. Cathédrale de la Transfiguration-du-Sauveur. 1152–1157

37. Eglise de Saint-Siméon-le-Stylite. 1771

38. Eglise des Quarante-Martyrs. 1775

39. Sur la Troubèj

ROSTOV-LE-GRAND

Rostov est une des plus anciennes villes russes. Grâce aux favorables conditions naturelles, ces terres depuis les temps pré-historiques attiraient les hommes. Les archéologues découvrirent ici les vestiges d'une grande agglomération de Meris, peuple d'origine finno-ougrienne, ce qui donna à la région l'appellation de « coin des Tchoudes » (Tchoudes, également peuple du groupe finno-ougrien). Dans les *Chroniques des Temps passés* on trouve des informations sur Rostov en tant que ville de l'époque pré-chrétienne. L'introduction du christianisme se heurta ici à la résistance des prêtres païens. Le missionaire Leonti, envoyé par les autorités ecclésiastiques de Kiev pour convertir les païens, fut assassiné en 1071 et ce n'est que soixante-dix ans plus tard que son confrère Avraam réussit à fonder un monastère. La ville qui se forma autour de lui s'agrandit très vite et devint bientôt un important centre de commerce qui, au XIIe siècle reçut, à l'instar de Novgorod, le qualificatif de Grand grâce à ses étroits contacts politiques, entre autres avec Byzance, et ses intensifs échanges culturels et commerciaux. Au début du XIIIe siècle, Rostov devint capitale d'une puissante principauté qui avait sous sa tutelle les villes de Vladimir, Tver, Yaroslavl, Ouglitch et Moscou. Plus tard, Rostov perdit sa valeur de centre politique, mais resta un important foyer religieux,

civilisateur et culturel. La bibliothèque, extrêmement riche, du monastère attirait de nombreux penseurs et littérateurs qui laissèrent une brillante trace dans la culture russe. Citons en premier lieu Epiphane le Sage, hagiographe de saint Serge de Radonège, et Stephane de Perm, le créateur de l'alphabet zyriane (langue komis-zyriane, une des langues des peuples finno-ougriens). Parmi les grandes personnalités de cette ville se trouvaient de nombreuses femmes. La princesse Maria, veuve du prince Vassilko qui périt torturé par les Tatars au XIIIe siècle, entra dans l'histoire comme la seule femme auteur de chroniques. Il y eut encore des princesses-guerrières qui, vêtues en soldat, l'épé à la main, combattirent vaillamment, semant la panique dans les rangs des Tatars à la bataille de Koulikovo.

L'histoire dramatique de la cité ne laissa aucune chance aux plus anciens monuments d'architecture : guerres intestines entre principautés, invasions des nomades, intervention polono-livono-suédoise. Mais au XVIIe siècle, Rostov déploya de nouveau ses ailes. L'essor commença dans les années 1630 lorsque la vie peu à peu reprit son cours normal. Sur les ruines de la ville détruite par les interventionnistes en 1608, apparurent de nouvelles constructions, peu nombreuses mais formant un ensemble harmonieux, qui se déploya pittoresquement sur la rive du lac Nero. Le complexe du kremlin de Rostov depuis longtemps est devenu une sorte de Mecque pour les touristes. De loin, lorsqu'on aborde Rostov par le sud en venant de Pereslavl-Zalesski, on remarque tout de suite le lac avec, à l'arrière-plan, la silhouette féerique de la ville, comme un rythme musical figé.

La ville acquit son caractère final dans les années 1660–1680 sous le métropolite Jonas Syssoïevitch. L'unité de l'ensemble de Rostov est due à la volonté et au goût de cet homme à qui le destin accorda l'occasion de diriger la création de ce chef-d'œuvre architectural. Personnage peu ordinaire, extrêmement cultivé pour son temps, il passa par les épreuves et les tentations du haut pouvoir, devint patriarche ou, plus exactement représentant du patriarcat durant la disgrâce et l'exil du patriarche Nikon. Il est difficile de dire aujourd'hui pourquoi Jonas refusa d'accéder à ce haut poste ecclésiastique dès le retour inattendu de Nikon. Sans doute entra ici en jeu la rare volonté et le fort tempérament de ce dernier. Il semble toutefois que Jonas préférât aux intrigues politiques et à la nécessité de se soumettre totalement au tsar, le pouvoir presque illimité qu'il avait dans son diosèse. En fait, l'ensemble édifié sous sa direction n'était pas le kremlin, c'est-à-dire la forteresse, mais la cour du métropolite, la présence de la puissante enceinte dotée d'archères ne doit pas nous tromper. Le caractère fortifié de l'ensemble n'est qu'un tribu à la tradition constructive des monastères qui devaient être des complexes défensifs et aussi au désir de Jonas d'ériger sa résidence à la manière du kremlin de Moscou et des grands centres monastiques tels la Laure de la Trinité-Saint-Serge ou le monastère de la Nouvelle-Jérusalem. Les véritables murs défensifs de Rostov passaient sur les remparts dont on peut voir aujourd'hui quelques vestiges encore. Le désir d'atteindre à un ensemble représentatif se dévoile dans toute une série de constructions originales, dans l'ornementation des édifices et, bien sûr, dans

←
40. Les coupoles du kremlin de Rostov

41. Kremlin. Eglise « sur porte » de Saint-Jean-l'Evangéliste. 1683

42. Kremlin. Eglise « sur porte » de Saint-Jean-l'Evangéliste. Intérieur

43. Kremlin. Eglise « sur porte » de Saint-Jean-l'Evangéliste
Galerie et portail

le type particulier « rostovien » des églises et des tours d'enceinte. Ces dernières possédaient des qualités fonctionnelles : elles étaient dotées d'une plate-forme de guet, mais, par contre, la silhouette de leur faîtage baroque en pyramide ne donne pas l'impression d'être des ouvrages combatifs, solides et résistants.

Les églises du kremlin de Rostov sont hautes et sveltes, en général à deux niveaux comme les nombreuses églises « sur porte ». Celle de Saint-Jean-l'Evangéliste est encore flanquée de deux tours qui, du côté de la ville, marquent l'entrée dans le kremlin. Ce même motif compositionnel est employé pour l'église de la Résurrection. L'élan vertical des églises est souligné par la disposition serrée des tambours, leur proportions énergiques et la forme pointue des encorbellements. Une autre solution originale fut appliquée dans le complexe du kremlin : tous les

44, 47. L'église « sur porte » de Saint-Jean-l'Evangéliste. Place de travail d'un copiste

45. Kremlin. Le Beau palais. 1670–1680

46. La grande cloche du clocher du kremlin

48. *Toit pyramidal des portes d'Eau du kremlin et cheminées de l'ancien corps des Communs*

49. *Vue sur l'enceinte et les tours du kremlin prise du clocher*

50. *Kremlin. La tour des portes d'Eau. Fin du XVIIe siècle*

bâtiments sont reliés entre eux par un système de galeries et de passages couverts permettant d'accéder dans tous les édifices formant la cour du métropolite sans descendre au niveau du sol.

L'orientation de la construction du kremlin de Rostov sur celui de Moscou dicta l'érection d'un clocher (1682–1687) et la réalisation de cloches spéciales pour lui. Presque toutes les cloches des églises du kremlin de Rostov possèdent un nom. La plus grande, dite de Syssoï, pèse plus de trois tonnes. De nos jours, pour avoir une idée de la sonnerie de ce grandiose instrument musical du XVIIe siècle, il faut aller au musée local où des diapasons reproduisent exactement le son des cloches.

Le kremlin de Rostov est l'un des derniers chefs-d'œuvre de la culture artistique médiévale de la Russie. L'architecture « jonassienne » n'est pas aussi chargée que celle des édifices en « baroque moscovite », mais l'ensemble, même dans les plus petits détails est étonnament beau. Ainsi un détail fonctionnel comme la cheminée est traité par les architectes comme un élément digne de leur attention. Dans leur réalisation sont utilisés deux principes importants de l'architecture moyenâgeuse. Le premier étant une utilisation effective pour obtenir un rythme expressif créé par un nombre limité de détails ornementaux, dans notre cas : corniches, arcatures, linteaux. Le second étant une répétition variable du motif plastique : les cheminées de l'ancien

corps des Communs diffèrent quelque peu entre elles par leurs proportions et leur forme. Cependant, chacune d'elles rappelle en plus petit la tour d'à côté, à quatre versants, qui surmonte les portes d'Eau. Les formes de cette tour nous dévoilent un autre principe compositionnel : celui de la symétrie libre. Les volumes de la tour, à vue d'œil, sont bien campés et symétriques, cependant les portes qui se trouvent déplacées par rapport au centre de l'arc et la présence d'une aile au riche décor, donnent à la composition générale de l'édifice dynamisme et pittoresque.

La monumentale église de la Résurrection fait contraste avec la galerie richement décorée qui la jouxte. Elle est ornée de rangées d'arcs au-dessus des baies et de bandeaux de carreaux

51. Kremlin. Eglise de la Résurrection. Vers 1670. Vue prise de l'église de la Vierge-Hodigitria

52. Kremlin. Eglise de la Résurrection. Intérieur

53. Kremlin. Eglise de la Résurrection. Fresque La Cène. *Vers 1675*

54. Kremlin. Eglise de la Résurrection. Espace sous la coupole

55. Kremlin. Eglise de la Résurrection. Galerie et portail

→

56. Kremlin. Place de la Cathédrale. Cathédrale de la Dormition (XVIe siècle), clocher (1682–1687)

de faïence polychrome en dessous. L'élégant corps central de l'église correspond au volume intérieur, vaste et haut, abondamment éclairé. A la place de la traditionnelle iconostase en bois s'élève un mur entièrement orné d'images saintes placées en registres. Le registre inférieur est transformé en arcade dont les colonnes vont en diminuant vers le mur de l'autel. Elles sont complétées devant les portes saintes par un portique qui se prolonge à l'intérieur du sanctuaire. Il en résulte l'illusion que tout l'espace du sanctuaire est constitué d'une colonnade qui s'en va en perspective vers le fond de l'autel.

Une autre construction, très originale aussi, distingue l'intérieur de l'église du Sauveur-sur-l'Entrée. Si dans l'église de la Résurrection l'espace entre l'iconostase et la nef est séparé par une simple balustrade aveuglée ornée d'icônes peintes, dans celle du Sauveur ce « jubé » est beaucoup plus élevé et plus large, si bien qu'il occupe une grande surface ne laissant aux fidèles que peu de place. Il est vrai que cette église était l'oratoire privé du métropolite et aux offices n'assistait qu'un nombre restreint de personnes ; notons aussi que Jonas aimait les cérémonies solennelles rassemblant une dizaine d'officiants et un chœur de chantres important. Mais cette partie de l'église ne se distingue pas seulement par les dimensions de son « jubé », elle est aussi richement décorée. La balustrade du chancel est surmontée d'une arcade formée d'arcs lobés séparés par des clefs pendantes très renflées. Les colonnes dorées font écho à l'arcade de demi-colonnes du mur de l'autel. Les portes de l'autel sont à archivoltes dorées et peintes. Le mur au-dessus de la colonnade est décoré sur deux rangs d'une Déèsis.

Les fresques du Sauveur-sur-l'Entrée et des autres églises « jonassiennes », exécutées par les peintres du meilleur atelier de l'époque dirigé par Gouri Nikitine, étonnent par le talent de leurs réalisateurs. Elles recouvrent entièrement les murs et les voûtes ce qui nécessitait de leur part une vision phénoménale de la globalité décorative de l'ensemble. Les peintres surent trouver aussi des intensités de coloris qui ne nuisent pas à l'unité de l'espace intérieur tout en lui conférant une atmosphère de fête et un degré émotionnel élevé. On remarquera l'emploi actif des tons bleus et rouges. Outre la difficulté d'atteindre à une parfaite harmonie entre ces deux couleurs denses et contrastantes, il faut savoir qu'au XVIIe siècle ces pigments, cinabre et cendre bleue, étaient fort rares et fort chers. Par ailleurs, recouvrir toute la surface des murs de dizaines de sujets différents, du point de vue de la composition, est une tâche extrêmement difficile. Les maîtres qui réalisèrent cet exploi surent trouver le rythme des lignes reliant tous les sujets représentés en une composition monumentale unique. Dans ces fresques, où se traduit encore le caractère conventionnel de l'art médiéval, apparaissent aussi des traits pris dans la vie courante. Cela est visible dans le dessin de certaines scènes, dans la mimique des visages et la plastique des corps qui nous permettent de découvrir les multiples facettes du caractère phsychologique des personnages.

La plastique des formes et le coloris parfait des ensembles de Rostov-le-Grand attirèrent durant de nombreuses décennies l'attention des artistes russes. Parmi eux, le talentueux peintre de la seconde moitié du XXe siècle, Viatcheslav Zabeline et le célèbre peintre et savant, Nicolaï Roerich. A Rostov on rencontre aussi un grand nombre d'étudiants des écoles d'art qui viennent ici peindre des vues du kremlin ou copier les fresques des églises.

L'église de la Vierge-Hodigitria, plus récente, diffère beaucoup de toutes les autres églises du kremlin. Construite à la fin du siècle, elle possède tous les traits typiques du « baroque moscovite » avec ses reliefs animant les murs et les couleurs polychromes de ses façades peintes en damiers qui donnent l'illusion de murs en bossage.

57. Galerie de passage de l'enceinte du kremlin

58. Kremlin. Eglise du Sauveur-sur-l'Entrée. 1675. Jubé

59. Kremlin. Eglise de la Vierge-Hodigitria. 1692–1693

ДОМ • САД • ОГОРОД

L'aspect de Rostov est complété par deux monastères qui flanquent la ville : celui du Sauveur-Yakovlievski au sud-ouest et celui de Saint-Abraham au nord-est. Leurs constructions possèdent beaucoup de points communs avec celles de la cour du métropolite, entre autres les églises « sur porte » avec tours des deux côtés. Ce motif fut emprunté par les Rostoviens au monastère des Saints-Boris-et-Gleb qui se dresse sur la route à Ouglitch.

60. Monastère des Saints-Boris-et-Gleb (fondé au XIVe siècle) Eglise « sur porte » de la Présentation-au-Temple (1680), tour d'angle nord-ouest, église de l'Annonciation (1524–1526), cathédrale des Saints-Boris-et-Gleb (1522–1524, architecte Grigori Borissov)

61. Monastère Saint-Abraham (fondé à la fin du XIe–début du XIIe siècle). Eglise « sur porte » Saint-Nicolas. 1691, 1826–1837

62. Les cloches sonnent...

Les constructions qui apparurent au cours des XVIIIe et XIXe siècles reflètent les nouveaux styles introduits en Russie après les réformes de Pierre Ier : baroque européen, classicisme, pseudo-gothique, empire... et ne nuisent pas à l'unité de l'espace urbain. Les architectes qui participèrent à la construction de Rostov-le-Grand possédaient le rare sentiment de l'ensemble, ce qui leur permit, malgré les différents caractères

63. Monastère du Sauveur-Yakovlievski. Tour octogonale de l'enceinte. Années 1780–1790

64. Le lac Nero. Vue sur le monastère du Sauveur-Yakovlievski

65. Monastère du Sauveur-Yakovlievski (fondé à la fin du XIVe siècle). Eglise Saint-Dimitri (1794–1802), église de la Conception (1686), église Yakovlievski (1836)

et volumes des édifices, de les intégrer organiquement dans le complexe architectural déjà existant et, à la ville, d'acquérir de nouveaux accents qui enrichirent son panorama.

Rostov, durant plusieurs siècles était renommé pour ses activités commerciales. Au XIXe siècle, la place du marché s'embellit d'une galerie de Commerce. Derrière ce long bâtiment, construit dans le goût du classicisme, se profilent les anciens édifices et la belle cathédrale de la Dormition édifiée au XVIe siècle sur le modèle de celle de Vladimir. De tout temps dans la ville travaillaient de remarquables maîtres : fondeurs de cloches qui équipèrent tous les clochers des églises et monastères de la cité et de ses environs, des maraîchers qui transportaient même leurs légumes jusqu'à Saint-Petersbourg, des joailliers et des orfèvres, des brodeuses... Mais les articles les plus réputés de cette ville étaient ses émaux finement peints. De nos jours, cette industrie prospère toujours et les étalages présentant ces articles font partie intégrante du paysage urbain.

66. La galerie de Commerce avec l'église du Sauveur et la cathédrale de la Dormition

67–71. Etalages d'art populaire dans la galerie de Commerce

Кукла
270=
200=
260=
45=
Кукла
на
чайник
375=
г. Ярославль. Спасский монастырь

OUGLITCH

Non loin de Rostov se dresse Ouglitch. La première mention de cette ville dans les Chroniques remonte à l'an 1148. Elle se dispose sur un coude de la Volga et de là vient peut-être son nom (en russe *ougol* signifie angle). Cependant, il existe une autre version : son nom viendrait du fait qu'ici on fabriquait en grande quantité du charbon de bois (le mot *ougol* signifie aussi charbon). Selon la légende, à l'époque pré-chrétienne, les princes de Kiev envoyaient ici leurs soldats prélever des impôts sur les habitants de la région. L'essor de Ouglitch date du XVe siècle, la ville frappait sa monnaie et s'urbanisait rapidement. A la fin du XVIe siècle, au début des Temps troubles, Ouglitch fut le témoin d'événements tragiques qui, dans une certaine mesure, influèrent sur son destin futur et laissèrent dans l'histoire russe une trace lugubre. Le 15 mai 1591, mourut ici le tsarévitch Dimitri, le fils d'Ivan le Terrible, son légitime héritier. De nos jours encore les historiens discutent sur les véritables causes de cette mort. La rumeur publique d'alors tenait pour meurtrier Boris Godounov. Devenu tsar, Boris ne fut jamais reconnu comme tel par les habitants de la ville, bien qu'il expliquât la mort de l'héritier comme un accident : dans une crise d'épileptie il serait tombé sur son poignard. Au cours d'une révolte qui éclata à Ouglitch sur ce sujet, les envoyés de Godounov furent tous tués.

←
72. *Kremlin. Eglise Saint-Dimitri « sur le Sang ». 1692*

73. *Kremlin. Eglise Saint-Dimitri « sur le Sang ». Fresque du mur ouest représentant le meurtre du tsarévitch Dimitri. 1772*

74. *Icône*. Saint Dimitri

75. *Kremlin. Eglise Saint-Dimitri « sur le Sang » Iconostase. 1867*

La ville, que le tsarévitch considérait comme sienne, refusa de reconnaître sa mort accidentelle. Godounov pour se venger fit massacrer une grande partie des citadins. Quelques années plus tard, la ville s'opposa farouchement à l'intervention polono-lituanienne. Les habitants n'acceptèrent pas la version des Polonais désirant mettre sur le trône de Moscou le faux Dimitri, l'héritier légitime qui aurait réussi à échapper aux assassins à la solde de Godounov. Devant cette insoumission, ils mirent

76. Kremlin. Eglise Saint-Dimitri « sur le Sang ». Réfectoire. Fresques La Création d'Adam et Eve *et* La Chute. *Par Piotr Khlebnikov. 1788*

77. Kremlin. Eglise Saint-Dimitri « sur le Sang ». Passage menant du Réfectoire à la nef de l'église

78. Kremlin. Eglise Saint-Dimitri « sur le Sang ». La cloche « exilée »

la ville à feu et à sang. Sur le lieu du meurtre du tsarévitch on édifia une chapelle votive et, plus tard, une église, Saint Dimitri « sur le Sang », d'abord en bois puis reconstruite en pierre à la fin du XVIIe siècle.

L'histoire de la cloche qui sonna le tocsin est sans précédent. Elle annonça aux habitants d'Ouglitch la mort de Dimitri. Essayant de résoudre la situation qui apparut suite à ce meurtre, les autorités accusèrent la cloche du désordre causé en ville. On lui cassa l'anse (les oreilles), on arracha son battant (la langue), on la fouetta et on l'exila en Sibérie. La cloche ne revint à Ouglitch que trois cents ans plus tard lors du tricentenaire de la mort de Dimitri.

Le profond optimisme de la conscience populaire se révéla dans le décor aux tonalités majeures de Saint-Dimitri « sur le Sang », de la cathédrale de la Transfiguration-du-Sauveur et d'un des premiers édifices construit après le cauchemar des Temps troubles, l'église de la Dormition du monastère Saint-Alexis (1628). Cette église, érigée à la mémoire des citadins massacrés, par ses proportions harmonieuses et l'expressivité de son décor, fut surnommée de « Merveilleuse ». Même dans la retenue des éléments en relief de la partie inférieure de l'édifice, les architectes obtinrent une grande expressivité plastique.

Une autre ancienne construction de la ville présente un intérêt particulier. Il s'agit du palais du tsarévitch Dimitri, il est vrai quelque peu déformé par des restaurations maladroites faites au XIXe siècle, qui a conservé une grande partie de son décor spécifique en brique et terre cuite, ce qui permet de supposer qu'il fut construit par des maîtres venus de Pskov ou de Novgorod.

79. Kremlin. L'église Saint-Dimitri « sur le Sang » et la cathédrale de la Transfiguration-du-Sauveur (1713)

80. Monastère Saint-Alexis (fondé en 1371). L'église de la Dormition (la Merveilleuse). 1628

81. Kremlin. Le palais du tsarévitch Dimitri. 1482

82. Kremlin. Cathédrale de la Transfiguration-du-Sauveur. Iconostase. 1860

ретроспективная выставка
РУССКАЯ ВОДКА
Стара как мир, крепка как Русь!
РУС
ВОДКА
БЛАГОДАРСТВЕННОЕ ПИСЬМО
САРАНСКИЙ ЛИКЕРО-ВОДОЧНЫЙ ЗАВОД
ЛУЧШІЯ

Ouglitch était célèbre par la diversité et la qualité de ses produits. De nos jours, son industrie horlogère est très prospère et ses montres « Tchaïka » fort populaires. Ses fromages sont aussi réputés. A la fin du XIXe siècle un musée local commença à se former et un premier département d'objets d'art anciens ouvert.

Depuis quelques années, Ouglitch possède un musée original : le musée de la Vodka. Cette boisson traditionnelle russe est présentée ici dans toutes ses formes et sa diversité. Une section du musée est consacrée « aux manières de boire » : coutumes, récipients à boire, étiquettes, publicité des diverses marques. Dans une salle de dégustation, aménagée à la manière des anciennes auberges, on peut goûter différentes vodkas. L'éthique populaire blâmait l'immodération et l'ivrognerie, mais considérait normal de boire entre amis autour d'une table de fête en faisant remarquer : « Ne demande pas s'il boit, demande comment il se conduit après qu'il ait bu ».

83–85. Le musée de la Vodka

YAROSLAVL

Yaroslavl est la plus grande et la plus urbanisée des villes de « l'Anneau d'or ». Elle se dresse au confluent de la Volga et de la rivière Kotorosl, lieu particulièrement propice pour la surveillance du trafic fluvial passant sur la Volga. Selon la légende, c'est Yaroslav le Sage, prince de Novgorod, un des plus remarquables souverains de l'ancienne Russie, qui fonda la ville (le suffixe l signifie ville, Yaroslav-ville). Cela eut lieu au début du XIe siècle... Yaroslav, accompagné de sa troupe, débarqua sur la rive de la Volga et accompli ici une acte qui aux yeux des autochtones était la confirmation d'une force surnaturelle : d'un coup de hache il tua un ours-totem qu'une tribu finno-ougrienne vivant du pillage des navires jeta contre lui. C'est peut-être cet exploit qui détermina la loyauté constante des citadins envers le pouvoir des grands-ducs, même au « temps des troubles » et des guerres intestines. Quant à l'ours et à la hache ils prirent place sur le blason de la principauté de Yaroslavl.

La ville sut chaque fois se reconstruire après des événements tragiques. Le plus grand désastre qu'elle subit lui fut porté au milieu du XVIIe siècle par les hordes mongoles qui saccagèrent et brûlèrent la cité si bien qu'elle n'était plus qu'un désert de cendre. Une énergique reconstruction fut entamée après cet incendie. Chaque communauté ou riche négociant cherchait à surpasser en magnificence la construction qu'il élevait, et les églises étaient plus belles les-unes que les autres. Ce type d'édifice religieux, possédant comme il se devait cinq coupoles et un clocher pyramidal, se distinguait par des proportions très expressives, un plan original, une

décoration éclatante où entraient des carreaux de céramique polychromes sur les façades et de somptueuses fresques dans les intérieurs.

L'église de Toltchkovo s'avère en ce sens un des sommets de l'architecture du XVIIe siècle à Yaroslavl. Les faîtages pyramidaux traditionnels sont ici remplacés par des « bouquets » de cinq coupoles sur tambours. Développant le motif des « cinq têtes », les architectes réunirent sur un même toit une composition unique formée de quinze coupoles. Le décor

←
86. Quartier de Korovniki. Les églises de la Vierge-de-Vladimir (1669) et de Saint-Jean-Chrysostome (1649–1654)

87. La Kotorosl. Vue sur l'église Saint-Jean-le-Précurseur à Toltchkovo

88, 89. Eglise Saint-Jean-le-Précurseur à Toltchkovo. Portail nord-ouest et décor en céramique des murs

90. Eglise Saint-Jean-le-Précurseur à Toltchkovo. Portail et galerie

91. Eglise Saint-Jean-le-Précurseur à Toltchkovo. 1671–1687

des façades est, lui aussi, extrêmement riche ainsi que celui du haut clocher ajouré qui complète cet ensemble.

Le monastère de la Transfiguration-du-Sauveur, durant plusieurs siècles, était le point dominant dans l'ensemble urbain de Yaroslavl. Ici se sont conservées différentes constructions se rapportant à divers siècles dont les plus anciennes remontent au début du XVIe. Ce sont la cathédrale de la Transfiguration-du-Sauveur et la Porte Sainte avec sa tour de guet. Inclus dans le sytème défensif de la ville, le monastère joua un rôle important en tant que place forte. Ainsi, au début du XVIIe siècle, il résista héroïquement aux interventionnistes polono-lituaniens. Il était aussi un important foyer de culture où fut ouverte la première école du nord-est de la Russie et d'où sortirent des œuvres qui constituent le fonds d'or de l'art russe. Sa riche bibliothèque conservait de rares exemplaires, entre autres, l'œuvre mondialement connue du *Dit de la compagnie d'Igor*. Ce monument anonyme de la littérature épique russe atteste la haute culture de la Russie au XIIe siècle. Le rôle civilisateur du monastère de la Transfiguration continu aujourd'hui. Sur son territoire se trouve un musée d'Histoire et d'Architecture possédant une riche collection d'icônes et d'ouvrages des arts décoratifs et appliqués et une section consacrée au *Dit de la compagnie d'Igor*.

La cathédrale de la Transfiguration-du-Sauveur fut construite sous l'influence de l'architecture des cathédrales du kremlin

92. Monastère du Sauveur. Fondé a la seconde moitié du XIIe siècle

93. Vue nord-ouest du monastère du Sauveur

94. Monastère du Sauveur. Le palais du Métropolite. XVIIe siècle

95, 96. Allées marchandes dans le monastère du Sauveur

97. Monastère du Sauveur. Ruches

→
98. Monastère du Sauveur. La tour de guet de la Porte Sainte (1516, surélevée dans les années 1620), le clocher (XVIe siècle, surélevé au début du XIXe siècle), l'églises jumelées de l'Entrée-du-Christ-à-Jérusalem (1617–1619) et des Saints-Miraculeux-de-Yaroslavl (1827–1831, architecte P. Pankov), la cathédrale de la Transfiguration-du-Sauveur (1506–1516)

de Moscou de la fin du XVe–début du XVIe siècle. Ceci explique l'étonnante harmonie de ses proportions car, comme dans les édifices moscovites, les architectes utilisèrent pour leurs calculs un module unique, la brasse (environ 2 mètres). Le corps central, aux lignes pures et laconiques, est égayé sur la façade ouest par une galerie à arcades ouvertes à deux niveaux formant un dégradé de volumes qui vont diminuant vers le faîte dominé par trois coupoles.

Les fresques de la cathédrale de la Transfiguration, qui datent du XVIe siècle, sont les plus anciennes qui nous soient parvenues à Yaroslavl. Eclatante page de la peinture monumentale russe, elles annoncent l'essor de cet art au siècle suivant. Quant aux fresques du XVIIe siècle elles se sont conservées dans de nombreuses églises de la ville, fait assez rare dans les arts russes. Leur grand nombre, leur parfait état de conservation et leurs qualités artistiques sont un des attraits lors de la visite de cette vieille cité.

Le coloris des fresques de la Transfiguration-du-Sauveur ne possède pas la polychromie des fresques du XVIIe siècle, il est bâti sur des combinaissons raffinées de gris argenté, brun pourpre, rose pâle et vert tendre. Aux scènes à multiples personnages d'inspiration biblique se mêlent un grand nombre de détails puisés dans la vie courante (vêtements, armes, attributs...) Cela était dicté par le désir de rendre plus compréhensibles et plus proches des fidèles de ce XVIe siècle imbu de courants hérétiques les dogmes fondamentaux de l'Eglise. Dans la représentation des personnages importants les peintres accordaient une attention particulière à l'expressivité de leur silhouette et leur donnaient un coloris plus vivant. On remarquera l'image monumentale de saint Jean le Précurseur artistiquement campé sur une surface incurvée. Des motifs très divers décorent les « serviettes » (représentation de draperies sur la partie inférieure des murs) construits sur les variations d'un thème : un cercle encadré de carrés, losanges ou étoiles. Tous ces éléments possèdent un sens symbolique et, par leur alternance, créent un rythme régulier et mélodieux. Sur le pilier nord-ouest de la cathédrale de la Transfiguration s'est conservé un rare témoignage du temps de sa décoraion : une inscription mentionnant les noms des peintres-décorateurs : « Fait et signé par les maîtres de Moscou Larion, fils de Leonti, Tretiak et Feodor, fils des Nikitine et de Yaroslavl, Afonassi et Dementi, fils d'Isidore ». On notera ici la mention prioritaire des maîtres moscovites qui, au siècle suivant, laisseront ce privilège aux fresquistes locaux et de Kostroma.

Du clocher du kremlin s'ouvre un magnifique panorama réunissant des vues très différentes : les collines boisées par delà la rivière, les édifices médiévaux et les nouveaux quartiers de cette ville dynamique. Yaroslavl échappa par chance au destin de beaucoup d'autres villes provinciales qui, sous le règne de Catherine II, furent reconstruites selon les règles de la régularité ce qui, dans de nombreux cas, mena à la destruction de monuments des siècles précédents. Cette ville eut de tout temps une politique urbaniste pensée et attentionnée pour

99. Monastère du Sauveur. Cathédrale de la Transfiguration

100. Monastère du Sauveur. Cathédrale de la Transfiguration Intérieur

101. Monastère du Sauveur. Cathédrale de la Transfiguration Fresque représentant Saint Jean le Précurseur. 1563–1564

102. Monastère du Sauveur. Cathédrale de la Transfiguration Fresque du Jugement dernier. 1563–1564

l'héritage du passé. Lors des grands travaux urbains de la fin du XVIIIe siècle, les anciens édifices ne furent pas touchés, au contraire, ils devenaient des centres autour desquels les nouvelles constructions, par contraste, les rehaussaient. Ainsi, une des dominantes de Yaroslavl, l'église du Prophète-Elie, bel édifice de l'époque pré-pétrovienne, s'avère le centre d'un système de rues rayonnantes et, par son aspect calme et imposant, confère à ce quartier dynamique un lyrisme touchant et solennel.

←
103, 104. Vue prise de la plate-forme supérieure du clocher du monastère du Sauveur

105–107. L'église du Prophète-Elie. 1647–1650. Iconostase et galerie

L'originalité de Yaroslavl réside aussi dans le fait qu'il s'urbanisa à partir du XVIIIe siècle d'une manière régulière et sans longue pause. Son aspect est organique, on ne verra pas d'édifices qui s'affrontent par leur caractère : médiévaux, prépétroviens ou classiques ils ne s'opposent pas aux constructions industrielles et aux infrastructures modernes.

Dans cette ville, outre les monuments d'architecture ancienne, un grand intérêt présentent des bâtiments d'habitation, administratifs ou culturels des XVIIIe–XXe siècles qui reflètent la diversité des époques révolues. Le néoclassicisme du début du XXe siècle trouva son application dans l'édifice du théâtre de la ville (portant le nom de Feodor Volkov, le créateur du théâtre national russe).

Dans le style « russe » fut érigé à la fin du XIXe siècle la chapelle Alexandre-Nevski qui souligne la continuité des traditions culturelles du passé. Un magnifique belvédère aux formes classiques se dresse sur la haute rive de la Volga d'où s'ouvre une admirable vue sur le grand fleuve russe.

108. La chapelle Alexandre-Nevski. 1892. Architecte N. Pozdeev

109. L'église Saint-Nicolas « du village en rondins ». 1695

110. Vue de la Volga

111. Quai de la Volga. Grille et belvédère. Première moitié du XIXe siècle

KOSTROMA

Un peu plus en aval de Yaroslavl se trouve Kostroma. L'histoire de cette ville est encore pleine d'énigmes car les anciennes chroniques ne la mentionnent pas. Par des témoignages indirects, l'historien du XVIIIe siècle, V. Tatichtchev arriva à l'hypothèse que la cité aurait été fondée en 1152 par Youri Dolgorouki. Kostroma ne chercha jamais à entrer en concurrence avec les autres villes pour devenir capitale de la principauté, par contre il se rendit très tôt célèbre comme « capitale nordique du lin ». Au Moyen Age on y fabriquait la meilleure toile pour voilure d'Europe. Ce n'est donc pas par hasard que sur son blason figure un navire doré aux voiles gonflées par le vent. C'était alors un important centre commercial de la Russie où constamment abordaient les navires de commerce de la plus grande puissance maritime de l'époque, l'Angleterre. La ville, se tenant à la périphérie des terres de la principauté, n'était pas uniquement occupée à son commerce, elle fut aussi plusieurs fois une place stratégique importante. Ici se réfugièrent les grands-princes lors de l'invasion tatare : en 1382, Dimitri Donskoï ; en 1408, son fils et successeur Vassili Ier. Au XVIe siècle c'est d'ici que partit l'armée russe pour combattre le khanat de Kazan et, au XVIIe siècle, c'est à Kostroma que se refugia le faux Dimitri pour échapper aux milices populaires. C'est là que se trouvait encore la résidence du premier tsar de la dynastie des Romanov, Michel Feodorovitch.

Au cours de l'hiver 1613 il fut sauvé des Polonais par un paysan du district de Kostroma, Ivan Soussanine.

Un des joyaux de cette contrée est le monastère Saint-Hypatius qui se déploie pittoresquement sur les rives de la Kostroma presque à son embouchure avec la Volga. Sur son territoire se trouve actuellement un musée historique célèbre par la richesse de ses collections. Les différents motifs architecturaux et les aspects que prend la cathédrale sous divers points de vue, font de ce complexe un pôle d'attrait pour les touristes.

←

112. Vue du monastère Saint-Hypatius (fondé dans les années 1330) prise de la rivière Kostroma. Au premier plan, l'église des saints martyrs Chrisamphe-et-Daria

113. Monastère Saint-Hypatius. La Nouvelle-ville. Tour sud-ouest

114. Monastère Saint-Hypatius. L'église « sur porte » Chrisamphe-et-Daria (1862, architecte C. Thon), palais des Archevêques (1840–1860)

115, 116. Monastère Saint-Hypatius. La Nouvelle-ville. Les tours nord-ouest, sud-ouest et Verte (1642–1643)

117. Monastère Saint-Hypatius. La Vieille-ville. La tour Carrée. 1586–1590

118. Monastère Saint-Hypatius. La Nouvelle-ville. Galeries ouvertes de l'enceinte

119. Monastère Saint-Hypatius. La Nouvelle-ville. Eglise de la Transfiguration transférée du village Spas-Veji. 1628

120. Monastère Saint-Hypatius. Portes sculptées

121. Une partie des expositions du musée

122. Monastère Saint-Hypatius. Palais des boyards Romanov. XVIe–XIXe siècles

Le monastère fut fondé dans les années 1330 suite à la conversion à l'orthodoxie du murza tatar Tchet. Au XVIe siècle, il passa à ses descendants, la puissante famille des Godounov. Ce riche monastère, abritant leur tombeau familial, devait prouver le bien fondé des ambitions politiques de ses propriétaires. A l'époque du « temps des troubles » les bâtiments monastiques et les systèmes de fortifications furent passablement endommagés.

L'aspect actuel du monastère Saint-Hypatius se forma au cours des périodes suivantes. A la Vieille-ville qui existait encore au XVe siècle, on enleva, en 1619, une parcelle qui par antonymie reçut le nom de Nouvelle-ville. Ce nouveau territoire rattaché au monastère fut borné de trois tours, dont celle du centre à plusieurs niveaux, baptisée tour Verte, devint l'entrée principale du monastère. Parmi les plus anciennes constructions citons son clocher datant de la fin du XVIe siècle. Le complexe monastique se compléta, en 1862, d'une église « sur porte » consacrée aux saints martyrs Chrisamphe et Daria, édifiée dans le style russo-byzantin sur un projet de l'architecte Constantin Thon, le créateur du Grand palais du kremlin et de l'église du Sauveur de Moscou.

123. Monastère Saint-Hypatius.
La cathédrale de la Sainte-Trinité. 1650–1652

124, 128. Monastère Saint-Hypatius. Le clocher. 1603–1605

125–127. Les cloches du campanile du monastère Saint-Hypatius

Le plus important bâtiment du monastère est le cathédrale de la Sainte-Trinité construite par les Godounov. Elle répète le type monumental des édifices moscovites du milieu du XVIIe siècle. Le corps central, aux formes puissantes et expressives, est rehaussé par des absides richement décorées et enrichit par un élégant perron.

A l'intérieur, tous les murs, piliers et voûtes sont recouverts de fresques. Une inscription sur le mur sud nous donne les noms de dix-neuf fresquistes qui participèrent au décor de saint lieu : Gouri Nikitine, Sila Savine, Vassili Ossipov, Vassili Kozmine...Cette grande équipe réalisa le décor intérieur de la cathédrale au cours du seul été 1685. Elle se composait des meilleurs maîtres de ce temps qui travaillaient aussi dans d'autres villes, Yaroslavl, Ouglitch et Rostov entre autres.Leurs créations ont toujours un caractère de fête, les différents sujets sont harmonisés par les couleurs et liés entre eux par des ornements végétaux. Au XVIIIe siècle, l'intérieur fut embelli par une iconostase baroque qui, par la complexité de ses formes, fait écho à la polychromie des peintures murales et des icônes.

Kostroma possède un musée abritant une originale et intéressante collection d'ouvrages architecturaux en bois. Sans connaître les principes de l'architecture en bois traditionnelle,

129. Monastère Saint-Hypatius. Cathédrale de la Sainte-Trinité. Icône de la Vierge Hodigitria. XVIIe siècle

130. Monastère Saint-Hypatius. Cathédrale de la Sainte-Trinité. Icône de Saint Hypatius de Gangre. XVIIe siècle

131. Monastère Saint-Hypatius. Cathédrale de la Sainte-Trinité. Intérieur

132. Monastère Saint-Hypatius. Cathédrale de la Sainte-Trinité. Iconostase. 1756–1758. Ciseleurs : Piotr Zolotarev et Makar Bykov

il est impossible de comprendre les constructions en pierre. Beaucoup de formes architecturales furent conçues initialement pour des édifices en bois. Par exemple, la construction pyramidale des toits d'églises, qui apparut en pierre au XVIe siècle, était primitivement employée dans les édifices religieux en bois. L'opulence de l'ornementation qui caractérise les constructions du XVIIIe siècle fut également appliquée dans le décor des maisons d'habitation et cela jusqu'au XXe siècle. La représentation d'êtres réels et mythiques, réalisée dans la manière traditionnelle russe, dans les ornements des isbas et maisons, possédait en premier lieu une fonction mystique : protéger le logis des mauvais esprits. Avec le temps, la sémantique originelle de ces représentations s'oublia et, de nos jours, la maison paysanne s'appréhende comme un tout décoratif. Dans ce musée à ciel ouvert on peut voir quelques exemples de constructions assez rares en Russie : des maisons bâties sur pilotis. Ce sont ces maisons que le célèbre poète russe Nicolaï Nekrassov décrivit dans son poème *le Père Mazaï et les lièvres* lorsqu'il parle des crues printanières dans les environs de Kostroma :

Toutes les terres sont inondées
Au printemps, le village semble immerger des eaux
Pareil à Venise...

Ce poème chantant la contrée de Kostroma n'est pas fortuit. La beauté de cette terre attira de tout temps peintres et littérateurs. La vie de l'éminent dramaturge Alexandre Ostrovski est étroitement liée à cette ville. Son nom fut donné à l'élégant belvédère qui se dresse sur la haute rive de la Volga. A Kostroma et dans ses environs travailla le peintre Boris Koustodiev qui créa ici des tableaux pleins de détails finement

133. Monastère Saint-Hypatius. Musée de l'Architecture en bois. Isba. Années 1860. Détail du décor avec la signature du maître Emelian Stepanov (Zirine)

134. Au travail

135. Monastère Saint-Hypatius. Musée de l'Architecture en bois. Isba. Années 1860

136. Monastère Saint-Hypatius. Musée de l'Architecture en bois. Bains sur pilotis du village de Jarki. XIXe siècle

137. Monastère Saint-Hypatius. Musée de l'Architecture en bois. Eglise de la Dormition (1721) et chapelle octogonale (XIXe siècle) du village de Fominskoe

В каждый ДОМ
ОТКРЫТО

observés sur la vie des négociants de la Volga, toiles quelque peu idéalisées mais aussi légèrement ironiques.

Parmi les églises richement décorées de Kostroma se distingue celle de la Résurrection « sur la Debra ». Erigée en même temps que la cathédrale de la Sainte-Trinité et constructivement semblable, elle s'en distingue par une plus grande diversité et opulence de ses motifs ornementaux. Son portail asymétrique est très original ainsi que son décor représentant des êtres mythiques. Selon une légende, le négociant Kirill Issakov découvrit, parmi les marchandises expédiées pour lui d'Angleterre en échange d'un lot de toile de voilure, un tonnelet avec des pièces d'or. Ses partenaires anglais lui expliquèrent que cet or était destiné à des « œuvres pieuses ». On dit que c'est grâce à cet argent que l'église fut élevée.

Le centre commercial de la ville était la Galerie marchande. Bâtiment fonctionnel, il s'entoura à la fin du XVIIIe–début du XIXe siècle d'une série d'édifices civils. Ces constructions de style classique formèrent le centre-ville de Kostroma. Parmi elles, on remarquera un chef-d'œuvre du classicisme, la Tour de guet que les citadins baptisèrent « Fer à cheval » car elle domine sur la place centrale de Kostroma d'où partent en éventail les principales artères de la ville tracées après l'incendie de 1773.

138. Galerie de commerce. 1789–1800. Architecte Karl Kler

139. Tour de guet. 1823–1826. Architecte P. Foursov

140. Eglise de la Résurrection « sur la Debra ». 1651

141. Vue sur la Volga

VLADIMIR

Vladimir fut fondé à la fin du Xe siècle par Vladimir le Grand La ville, au milieu du XIIe siècle, sous Andrei Bogolioubov, devint le centre du nord-est de la Russie et, plus tard, de toute la Russie. Vladimir, qui se déploie sur les hautes collines qui surplombent la vallée de la Kliazma, ressemble étonnament à Kiev qui lui s'étire sur les hauteurs d'un méandre du Dniepr. De plus, les noms des rivières des environs de Vladimir : Lybed, Irpégne, Potchaïna sont empruntés à la topographie de Kiev. Capitale de la principauté de Vladimir-Souzdal, modèle pour les futures capitales de la Russie,on l'appelait primitivement Vladimir-sur-la-Kliazma pour le différencier du Vladimir-Volinski méridional. Les princes de Vladimir s'étaient donnés pour tâche de construire une ville qui ne le cèderait en rien au glorieux Kiev.

Le voyageur, arrivant par la route ouest, passait par la Porte d'Or percée dans la puissante enceinte élevée sur les remparts entourant la cité et dont les vestiges sont encore visibles. Sur la colline du kremlin dominant la Kliazma se dressait la masse solennelle de la cathédrale de la Dormition.

L'essor de l'architecture en pierre blanche de Vladimir, historiquement assez court, nous a cependant laissé une série de monuments de portée mondiale, inclus de nos jours dans les registres de l'UNESCO. La cathédrale de la Dormition resta très longtemps la principale église de la Russie. Son édification marqua l'instauration de l'originale école russe d'architecture. Par ses formes et son aspect architectural, elle servit de parangon à toute une série d'édifices religieux de la Russie ancienne et post-pétrovienne. Ainsi, trois siècles après son érection, l'architecte bolonais Aristote Fioravanti, invité en Russie, fut envoyé à Vladimir étudier ce monument pour que, sur son modèle, il édifiât, au kremlin de Moscou, une cathédrale de la Dormition identique, depuis devenue église principale de l'Orthodoxie.

La cathédrale de la Dormition de Vladimir fut édifiée en 1158 par Andrei Bogolioubov et reconstruite en partie après un grand incendie en 1185 car sous l'effet de la chaleur ses murs s'étaient fêlés. On la dota alors de cinq coupoles et ses proportions devinrent plus légères sans enlever à l'édifice sa puissance et sa monumentalité. Le fin décor sculpté et la dorure de certains éléments ornementaux attribuent aux façades beaucoup de solennité et d'élégance.Une valeur supplémentaire acquiert cette cathédrale : ses intérieurs conservent encore des fragments de fresques réalisées par le génial Andrei Roubliov et son compagnon Daniel Tchorny. L'époque de la Renaissance russe insuffla une nouvelle philosophie aux thèmes religieux

←

142. La cathédrale de la Dormition. 1158–1160 ; 1185–1189

143. Cathédrale de la Dormition. Intérieur

144. Vue sur la cathédrale de la Dormition, l'édifice des administrations collégiales (1785–1790), le clocher et la cathédrale Saint-Dimitri (1194–1197)

145, 146. Cathédrale de la Dormition. Le Jugement dernier. *Fresque par Daniel Tchorny et Andrei Roubliov. 1408. Détails*

canoniques qu'illustrent ici *le Jugement dernier*. Nous n'y voyons pas la catastrophe ni l'esprit de vengeance habituels pour ce sujet, nous appréhendons seulement le sentiment du triomphe de l'harmonie suprême.

Le plus beau monument de Vladimir, malgré les pertes que lui infligèrent les siècles de son histoire, reste la cathédrale Saint-Dimitri qui se distingue par ses formes étonnamment nobles et harmonieusement réparties. Cependant ce ne sont pas là les qualités qui permettent de la ranger parmi les monuments de l'art mondial. Construite après celle de la Dormition (1197) elle ouvre une deuxième étape dans l'architecture en pierre blanche de Russie qui se singularise par une extraordinaire opulence du décor sculpté des façades. Dans la répartition des sujets sur plusieurs registres se révèlent les représentations cosmogoniques du Moyen Age. Dans ses sculptures on reconnaît aisément des personnages bibliques, Alexandre de Macédoine et le commanditaire de l'église, le prince Vsevolod le Grand Nid avec ses fils. Les figures humaines se combinent à des motifs végétaux représentant des rameaux fleuris de l'arbre de Vie. Un sens particulier est donné aux représentations des animaux toutes traitées différemment. Ce sont des chevaux montés personnifiant la victoire sur le mal, des êtres fantastiques dont les aspects traduisent la complexité infinie du monde, des scènes d'affrontement d'animaux symbolisant

147, 149. Cathédrale Saint-Dimitri. 1194–1197. Détail de la façade

148. Monastère de la Princesse. La cathédrale de la Dormition. XVe–XVIe siècles

le combat des forces originelles. Tous ces motifs en relief engendrent un riche jeu de lumière et d'ombre qui semble dématérialiser le volume du corps de l'édifice lui conférant quelque chose d'aérien qui contraste avec la base monumentale des demi-colonnes en forme de patte d'animal.

Chaque siècle apporta dans l'aspect de la ville sa contribution. L'opulent baroque du style « élisabéthain » de la seconde moitié du XVIIIe siècle laissa sa trace dans le décor en dentelle

150. L'église Saint-Nicétas. 1762–1765

151. Vue de Vladimir

152. L'église de la Trinité (1913–1916) et la Porte d'Or (1164)

de l'église Saint-Nicétas. Non seulement les formes de son ornementation, mais encore le schéma constructif de l'édifice sont déjà loin des modèles médiévaux.

A la charnière des XIXe–XXe siècles apparaissent des constructions en style russo-byzantin comme l'église de la Trinité (architecte S. Jarov) près de la Porte d'Or dans laquelle, aujourd'hui, se déploie une exposition de miniatures sur laque exécutées par les artistes de la petite ville de Mstiora et des ouvrages en verre provenant de la verrerie de Goust-Khroustal, centres artistiques réputés des environs de Vladimir.

Les formes monumentales de la Porte d'Or sont un bel exemple de l'art médiéval des fortifications. Les siècles ont déformés ses proportions. Les strates culturels ont réduit d'un mètre et demi la hauteur de son arc et les constructions qui la jouxtent, élevées pour consolider et fermer les ouvertures pratiquées dans les fondements des remparts, défigurent sa silhouette. Mais, comme auparavant, la Porte d'Or conserve la clareté de ses volumes et s'avère une des dominantes de la ville. Ayant adopté le nom de la porte principale de Kiev, elle en prit aussi les fonctions. C'était l'entrée d'honneur dans la cité et un élément important dans son système défensif. Selon la tradition, on éleva sur la Porte d'Or une église sensée protéger la ville des hôtes mals intentionnés et des mauvais esprits. A l'intérieur, sur les murs de l'escalier, on peut voir des graffiti, sorte d'épitaphe à Vladimir, fils du grand-prince Youri Dolgorouki, qui mourut au XIIIe siècle en défendant la ville.

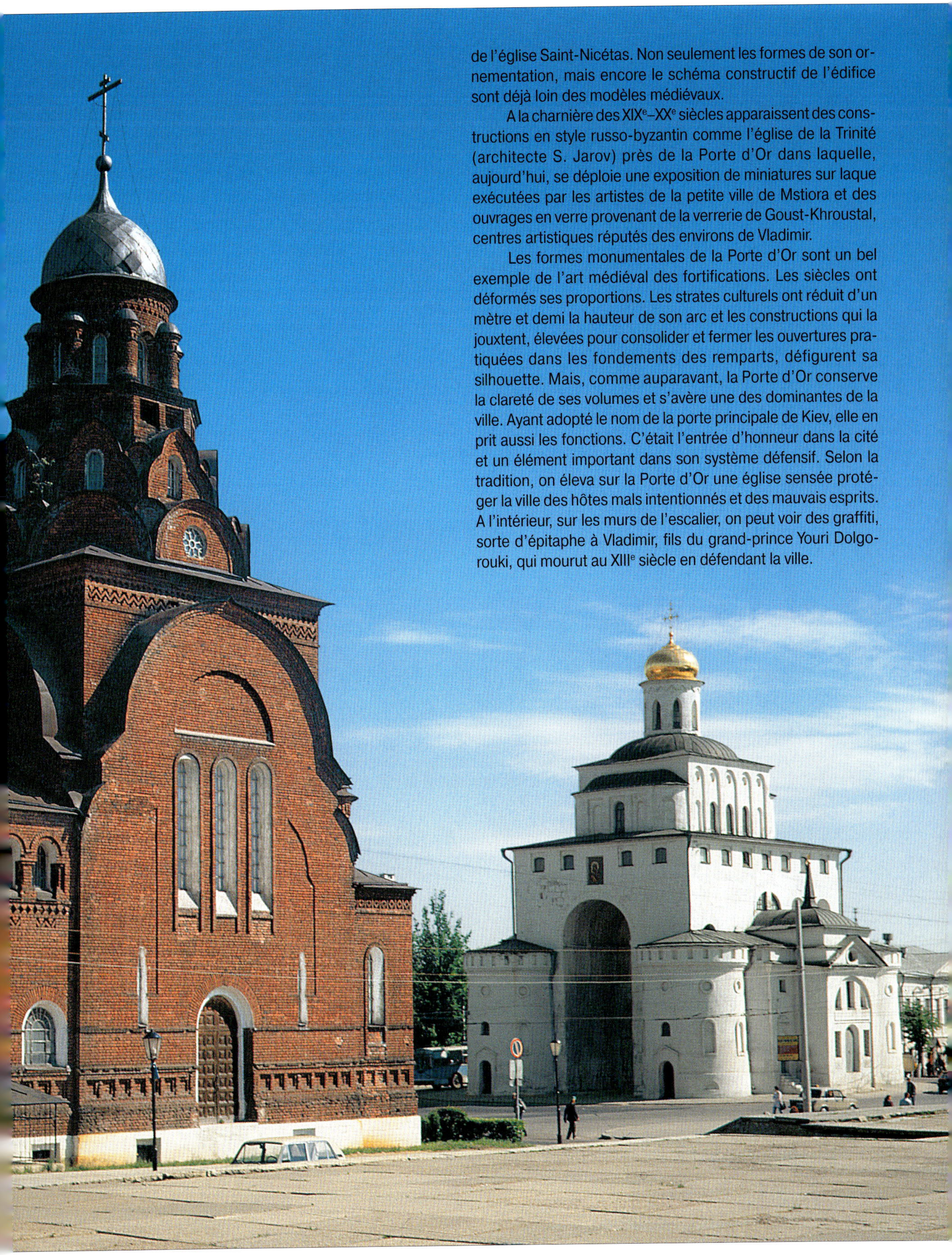

BOGOLIOUBOVO

Parmi les cités de « l'Anneau d'or », Bogolioubovo occupe une place particulière. C'est l'unique ensemble qui nous soit parvenu, il est vrai passablement reconstruit mais aussi détruit, que l'on peut nommer château moyenâgeux. Andrei Bogolioubov préféra avoir une résidence sûre en dehors de la ville de Vladimir car il craignait la haine que lui vouaient les boyards. Le territoire choisi était d'une grande beauté et comme prédestiné à de telles constructions. Le château-monastère se dresse au bord d'une colline au pied de laquelle coule la Nerl. A côté de la rivière, au milieu d'un pré, s'élève solitaire l'église de l'Intercession-de-la-Vierge. La légende raconte que le choix du lieu de sa résidence fut indiqué au prince par le Ciel. Durant le voyage d'Andrei Bogolioubov vers Rostov, les chevaux du cortège transportant l'icône miraculeuse de la Vierge qu'il avait emportée de Kiev s'arrêtèrent eux-mêmes sur le lieu de sa future résidence et, la nuit, la Vierge Marie apparut au prince en songe et lui promit sa protection divine. L'église fut construite et placée sous le vocable d'une nouvelle fête instaurée par le prince et le clergé de Vladimir sans l'approbation du métropolite de Kiev : l'Intercession de la Vierge Marie. Cette fête, qui symbolise l'intercession de la sainte Vierge auprès de Dieu pour le bien des hommes, fut très vite adoptée en Russie car on considérait que la Terre était la Maison de la Vierge Marie. L'église de l'Intercession-de-la-Vierge « sur la Nerl » devint une sorte de signe pour l'art médiéval russe : sa silhouette facilement reconnaissable incarne les plus hautes qualités de la culture moyenâgeuse russe. Bien que l'église changeât d'aspect au cours des siècles (n'existent plus la galerie-promenoir et le revêtement en pierre blanche de la butte, la forme de sa coupole était autre), elle ne perdit rien de sa beauté. Le spectacle qu'offre ce pur joyau d'architecture est inoubliable.

L'église de l'Intercession devint aussi le premier mémorial religieux en Russie. Elle fut consacrée aux victorieuses campagnes contre les Bulgares de la Volga et à Izaslav, le fils du prince, qui mourut en héros sur le champ de bataille en 1164.

Le château d'Andrei Bogolioubov fut plusieurs fois reconstruit. Seules les fouilles archéologiques et les vestiges des toutes premières constructions nous permettent d'avoir une idée du caractère de ce complexe. Ainsi, l'enceinte avec tours élevée au XIXe siècle répète-t-elle celle qui entourait primitivement le château. La silhouette de l'ensemble fut aussi altérée par les édifices monumentaux de l'église « sur porte » de la Dormition avec son clocher (1841) et de la cathédrale de la Vierge-de-Bogolioubov (1866). Cette icône miraculeuse du XIIe siècle et le culte du prince Andrei attirent à Bogolioubovo un grand nombre de pèlerins. Le lieu le plus vénéré du monastère est l'escalier de la Tour. Ici sur la plate-forme, d'où s'ouvre une superbe vue sur la Nerl, fut assassiné par ses proches, en 1174, le premier grand-prince de Vladimir, Andrei Bogolioubov. Cette construction civile en pierre blanche est unique dans l'art russe des premiers siècles et présente un intérêt notoire pour les historiens en architecture. Dans sa partie inférieure se trouve une arcade ajourée de demi-colonnes s'appuyant sur des culs-de-lampes et des consoles sculptées.

←

153. L'église de l'Intercession-de-la-Vierge « sur la Nerl ». 1165

154. Ensemble du monastère de Bogolioubovo
Fondé au XIIe siècle

155. Palais d'Andrei Bogolioubov
La Tour d'escaliers et passage (XIIe siècle),
cathédrale de la Nativité-de-la-Vierge (XIIe–XVIIe siècles)

156. Eglise de l'Intercession-de-la-Vierge « sur la Nerl »

L'église de l'Intercession est proche de quelques autres cathédrales en pierre blanche de Vladimir. Mais celle-ci exprime le mieux les traits spécifiques qui différencient l'école d'architecture de Vladimir-Souzdal des ouvrages de l'architecture romane. Les proportions de l'Intercession « sur la Nerl » sont étonnament légères et compactes et créent une harmonie que l'on pourrait qualifier de musicale, son aspect est noble, radieux et lumineux. Le héros des reliefs de l'église est David le Psalmiste : sans aucun doute, pour les créateurs de l'église, son caractère musical était évident. En parlant du décor sculpté on ne peut omettre de mentionner la virtuosité de sa réalisation. Les sculpteurs réussirent avec brio la représentation spatiale des poses complexes des personnages. Le problème constructif fut, lui aussi, résolu brillamment. La butte artificielle sur laquelle se dresse l'église a été terrassée de manière que lors des crues printanières l'eau ne l'inonde pas. En cette saison, un effet supplémentaire apparaît : il semble que l'église flotte sur le miroir paisible des eaux de la Nerl.

157. Environs de Bogolioubovo

158. L'église de l'Intercession-de-la-Vierge vue à vol d'oiseau

159. Bogolioubovo. Soir

SOUZDAL

En prenant la direction de Souzdal, le voyageur peut ne pas regarder les panneaux routiers, il ne se trompera pas en arrivant, car il est impossible de confondre Souzdal avec quelque autre ville ancienne de la Russie. En abordant Souzdal on ne verra aucun faubourg ou zone industrielle, il s'ouvre entièrement au regard dans un remarquable panorama d'où s'élancent les jets de ses églises et de ses clochers. Il est comme une ville de conte qui tout à coup surgit au milieu d'une vallée fertile sillonnée de rivières. Ces terres commodes à l'habitat étaient depuis fort longtemps peuplées. Les fouilles archéologiques mirent au jour des ouvrages que les savants datent des VIIIe–IXe siècles. Dans les Chroniques, Souzdal est mentionné pour la première fois à l'an 1024. Il joua toujours un rôle important dans la vie de l'ancienne Russie et fut plus d'une fois pris dans le tourbillon dramatique de son histoire. Souvent détruit et pillé, il sut toujours se rétablir rapidement et la qualité artistique des nouvelles constructions n'était jamais inférieure à celles qui avaient été détruites. Plusieurs édifices de la ville sont actuellement inclus dans la liste des monuments placés sous l'égide de l'UNESCO et Souzdal possède le statut de ville-musée.

Souzdal était la résidence de Vladimir Monomaque et de son fils Youri Dolgorouki. Ce dernier, au milieu du XIIe siècle, fonda à côté de la ville, au village de Kidekcha bordant la Nerl, sa propre résidence composée d'un palais et d'une église, qui nous est parvenue, consacrée aux saints Boris et Gleb. Souzdal à cette époque inventait des formes architecturales et celles de ses églises furent prises pour modèle dans les édifices religieux en pierre blanche de Vladimir. Par rapport à eux, l'église Saints-Boris-et-Gleb est plus austère et massive, mais plusieurs éléments constructifs et décoratifs, maintenant propres à l'école de Vladimir-Souzdal, furent employés ici pour la première fois.

←

160. Monastère Saint-Alexandre. Fondé en 1240

161. Ensemble architectural du village de Kidekcha. XIIe–XVIIIe siècles

162. Promenade en traîneau

163. L'église de la Transfiguration du village de Kozliatievo. 1756

164. Vue du monastère Saint-Alexandre à travers l'arche du monastère de l'Intercession

165. Eglise de la Vierge-de-Smolensk (1696–1706), clocher (fin du XVIIIe siècle), maison faubourienne (maison de Moskvina, fin du XVIIe–début du XVIIIe siècle)

166. Vue du kremlin

167. Thé à la russe

La décoration des toits pyramidaux coiffant les clochers est typiquement souzdalienne et donne à l'ensemble une grande expressivité et un caractère reconnaissable. Ces toits pyramidaux effilés furent, pour leur aspect, appelés dans le peuple des « doudki » (sorte de pipeau de berger à extrémité évasée). Le désir de rendre beau ce qui est simple, d'affirmer les principes de l'esthétique populaire, du pragmatisme mêlé de spiritualité, aboutit à la création dans toute la ville de micro-ensembles se composant d'un clocher et de deux églises jumelées. L'une d'elle était grande et bien décorée, l'autre était très petite et modeste dans sa décoration répétant par ses formes une église en rondin. La petite, dite « chaude », pouvait être chauffée par un poêle lors des grands froids ; la grande, dite « froide », toujours élégante, était une des dominantes dans le paysage urbain.

Souzdal resta une petite ville et le nombre important des monuments d'architecture qui se dressent dans ses rues est fort étonnant. L'intensité avec laquelle ils étaient construits est tout aussi étonnante. Au XVIe siècle, rien que sur le territoire de son kremlin, outre une cathédrale en pierre apparurent quinze tours et sept églises en bois.

Au XIVe siècle, la ville devint un centre épiscopal et à la fin du XVIe devint le siège de l'archevêque. Ce fait détermina le rôle de Souzdal en tant que principal centre culturel et civilisateur de la Russie, surtout après la prise de Kiev par les Lituaniens. La cour épiscopale était en concurrence constante avec les nombreux monastères des faubourgs qui se développaient autour de l'enceinte de la ville. Chacun d'eux cherchait à s'affirmer par l'édification d'une église. Aucune ville de la Russie médiévale ne possédait une telle quantité d'édifices religieux.

En parlant du grand nombre d'églises, il faut noter aussi un certain dualisme dans l'histoire religieuse de la Russie. La création de foyers chrétiens au centre de territoires où les cultes païens étaient très développés, comme ce fut à Rostov-Yaroslavl ou, plus tard, sur l'île de Valaam, et l'infiltration des rites païens dans le système rituel de l'orthodoxie sont des faits connus. En ce qui concerne Souzdal, ici au XVIIe siècle encore, il était coutume de célébrer les mariages la nuit dans une église avec sous ses voûtes un grand festin accompagné de chants et de danses auquels participaient le clergé !

L'ensemble dominant de la ville était son kremlin dont une vue imposante s'ouvrait de la vallée de la Kamenka. Son principal édifice, le plus ancien de Souzdal qui nous soit parvenu, était la cathédrale de la Nativité-de-la-Vierge. Elle fut construite peu de temps avant l'invasion des hordes de Batû Qân et s'avère une des dernières constructions religieuses en pierre blanche des XIIe–XIIIe siècles. Avec le temps, son aspect changea. Sa partie supérieure fut reconstruite en brique ; le nombre des coupoles fut modifié (cinq au lieu de trois selon la tradition souzdalienne) et leur forme changée au XVIIe siècle. Cependant, elle ne perdit rien de sa monumentalité qui contraste avec les édifices avoisinants. Elle conserva aussi son type originel caractéristique des édifices religieux de Vladimir : façades décorées de motifs sculptés, divisées verticalement par des pilastres et horizontalement par des arcatures. Tous ces détails ne jouent qu'un rôle décoratif et ne sont aucunement liés à la conception architecturale de la cathédrale.

168. Kremlin. La cathédrale de la Nativité-de-la-Vierge. 1222–1225, XVIe siècle

169. Kremlin. Eglise Saint-Nicolas, transférée du village de Glotovo. 1766

170. Kremlin. Le clocher de la cathédrale. 1635

La cathédrale de la Nativité-de-la-Vierge du kremlin fut, en 1235, dallée de carreaux en majolique jaunes, verts et marron foncé, couleurs caractéristiques pour ce matériau. En cette même année fut également réalisé le décor composé de motifs végétaux des niches funéraires, qui nous est en partie parvenu. Se sont aussi conservées les « portes d'or » des portails sud et ouest dont les motifs décoratifs sont exécutés dans la technique complexe de la dorure au feu sur cuivre niellé et représentant, dans des compartiments, différents épisodes tirés des Ecritures saintes. Le fin traitement psychologique des visages allié à des formes plastiques parfaites et à la profonde compréhension philosophique de ces sujets, témoignent de l'influence hellénistique sur la jeune culture russe. On remarquera les masques très expressifs de lions tenant dans leur gueule des anneaux servant de poignées à ces portes.

Dans le palais épiscopal du kremlin comprenant plusieurs édifices des XVe–XVIIIe siècles se distingue de celui de la Croix par sa vaste salle sans piliers qui servait aux cérémonies d'apparat et rappelle celle du palais des Patriarches du kremlin de Moscou. A côté de ce monumental palais fait contraste par sa svelte élégance et son dynamisme, l'église en bois de Saint-Nicolas transférée ici du village de Glotovo, premier pas dans la création du musée de l'Architecture en bois de Souzdal.

Le monastère de l'Intercession est un ensemble architectural harmonieux et achevé. Malheureusement, aucun édifice du XIVe siècle ne nous est parvenu, les principaux bâtiments que nous voyons se rapportent aux XVIe et XVIIe siècles et son

171. Monastère du Sauveur-Euphimievski. L'église de la Dormition du Réfectoire. 1525

172. Kremlin. Le palais des Archevêques. XVIIe–XVIIIe siècle

173. L'église Saint-Lazare (1667), le clocher et l'église Saint-Antipe (1745)

enceinte avec tours et passages, au XVIIIe siècle. Sa Porte sainte (1518), surmontée d'une église, est remarquable par sa composition asymétrique complexe. L'architecture de la cathédrale du monastère placée sous le vocable de la fête de l'Intercession de la Vierge, est un mélange des traditions de l'école de Vladimir-Souzdal et des principes généraux de l'architecture russe. La retenu de son décor intérieur s'explique par le rôle que joua ce monastère qui fut transformé en lieu d'exil pour les femmes de haute naissance et sa cathédrale en lieu de sépulture. L'histoire a conservé quelques détails sur le destin d'une de ces malheureuses. L'épouse du tsar Vassili III, Solomonia Sabourova fut cloîtrée ici par son mari désirant se remarier. Pour s'en défaire il l'accusa d'infécondité. Cependant, au monastère elle mit au monde un fils, dont la mort et l'enterrement furent simulés pour ne pas provoquer la colère du tsar. En 1934, cette version historique trouva confirmation : dans le petit cercueil les archéologues découvrirent une poupée.

174. Monastère de l'Intercession (fondé en 1364). Clocher (XVIIe siècle) et la cathédrale de l'Intercession-de-la-Vierge (XVIe siècle)

Le monastère de la Déposition-de-la-Robe-de-la-Vierge avec son haut clocher classique domine sur le territoire entre la Belle place et celle du Commerce. Sa cathédrale de la Déposition-de-la-Robe, à trois coupoles, fut vraisemblablement construite par un proche de Vassili III, Ivan Chigoneï-Podjoguine, en répentir d'avoir participé à l'emprisonnement de Solomonia Sabourova au monastère de l'Intercession. Au XVIIe siècle, pour parfaire l'ensemble on la dota d'un parvis richement décoré et on coiffa de deux toits pyramidaux la Porte sainte, œuvre marquante qui détermina la voie de l'architecture souzdalienne.

175. Monastère de la Déposition-de-la-Robe-de-la-Vierge. Fondé en 1207 Cathédrale de la Déposition-de-la-Robe. Première moitié du XVIe siècle

176. Monastère de la Déposition-de-la-Robe-de-la-Vierge. Clocher. 1813–1819

177. Monastère de la Déposition-de-la-Robe-de-la-Vierge. Parvis de la cathédrale de la Déposition-de-la Robe. 1688. Détail. Architectes Ivan Griaznov, Ivan Mamine et Andrei Chmakov

178. Monastère de la Déposition-de-la-Robe-de-la-Vierge. Porte sainte. 1688. Architectes Ivan Griaznov, Ivan Mamine et Andrei Chmakov

Au centre de la ville se déploie la Galerie marchande, long bâtiment à arcades souvent pris comme toile de fond dans de nombreux films. A l'est de la ville se dresse le monastère du Sauveur-Euphimievski. Du même âge que le monastère féminin de l'Intercession sur l'autre rive, ce monastère masculin reçut un deuxième nom en l'honneur de son premier supérieur l'igoume Euphimie (Euthyme). Le territoire du monastère du Sauveur appartient au musée de Souzdal qui présente des expositions sur les différents domaines de la culture de cette région, entre autres, des ouvrages d'orfèvrerie ancienne. Longeant l'enceinte monastique on arrive à une plate-forme située sur la haute rive de la Kamenka d'où s'ouvre une splendide vue sur Souzdal. On distingue parfaitement d'ici les monastères et les églises qui depuis des siècles décorent la ville et les églises en bois transférées des musées à ciel ouvert. Cette vue plongeante sur la ville que l'on a des murs du vieux monastère permet de percevoir l'ampleur du travail des hommes et d'apprécier à sa juste valeur l'harmonie de cette œuvre avec la nature. Le monastère renferme quelques modèles typiques de l'architecture souzdalienne. Construit comme une réelle place forte il dégage une impression de puissance tout en étant très poétique et en pleine harmonie avec le paysage environnant.

179, 182, 183. Panorama du monastère du Sauveur-Euphimievski (fondé au milieu du XIVe siècle)

180. Galerie marchande. 1806–1811. Architecte A. Verchinski

181. Au bord de la Kamenka

→

184. Monastère du Sauveur-Euphimievski. Cathédrale de la Transfiguration (1582–1594) et clocher (XVIe–XVIIe siècles)

En 1767, le monastère du Sauveur fut réorganisé en prison d'Etat pour les condamnés religieux et politiques. Ces détenus étaient qualifiés de « fous » pour les différencier des autres criminels que le pouvoir ne considérait pas comme tels. Dans cette prison aménagée sur l'ordre de Catherine II, l'impératrice faisait enfermer tous ceux qui s'opposaient activement à sa politique.

Le principal édifice du monastère, la cathédrale de la Transfiguraion, appartient au type des constructions religieuses monumentales de la fin du XVIe siècle à cinq coupoles. Sa puissante stature est encore rehaussée par la petite et svelte chapelle (1507–1511) qui surmonte la tombe d'Euphimie. La cathédrale resta longtemps sans décor peint et c'est seulement en 1689 que l'équipe dirigée par les éminents fresquistes Gouri Nikitine et Sila Savine commença à l'embellir. Ces fresques se distinguent par leur caractère ornemental et leur composition complexe basée sur le désir de décrire les sujets avec force détails, trait caractéristique des dernières décennies de la peinture monumentale russe médiévale. Le principe « en tapisserie » de ces fresques dans lesquelles le sujet se déploie librement sur les différentes surfaces, planes, incurvées ou angulaires, des murs est complété par un grand nombre d'ornements divers. La représentation dans les fresques de la cathédrale de la Transfiguration des tsars Michel Feodorovitch et Alexis Mikhaïlovitch Romanov en saint est surprenante.

Dans le monastère du Sauveur on notera encore la répartition judicieuse des bâtiments correspondant à l'idée architecturale d'unir les édifices ayant des fonctions différentes.

185. Monastère du Sauveur-Euphimievski. Cathédrale de la Transfiguration. Intérieur

186. Monastère du Sauveur-Euphimievski. Cathédrale de la Transfiguration. Fresque Les Actes des apôtres. *1689. Détail*

187. Monastère du Sauveur-Euphimievski. Cathédrale de la Transfiguration. Fresque Le Portement de croix. *1689*

188. Monastère du Sauveur-Euphimievski. Cathédrale de la Transfiguration. Décor intérieur de la coupole

Le clocher et le Réfectoire sont comme des coulisses cantonnant la puissante et solennelle cathédrale de la Transfiguration. Les tours de l'enceinte possèdent des proportions différentes suivant qu'elles sont tournées au sud et à l'est, c'est-à-dire vers la ville et la principale route, ou à l'ouest et au nord, en regard des faubourgs. Les architectes s'attachèrent en premier lieu à l'aspect de la portion sud de l'enceinte, plus haute et plus puissante, car elle devait défendre le monastère du côté du plateau et la dotèrent d'une énorme tour Cochère. Les dimensions et l'ornementation de ses meurtrières devaient la rendre imprenable.

Passant sous le porche, le visiteur accède à une petite cour devant la pittoresque église « sur porte » de l'Annonciation. L'église de la Dormition du Réfectoire du monastère coiffée d'un toit pyramidal très dynamique, un des premiers élevé en Russie, servit de modèle pour le développement de ce type d'architecture aux XVe–XVIIe siècles.

Sous différentes circonstances Souzdal se trouva lié au destin de personnalités célèbres : les princes Boris et Gleb, le grand-prince Alexandre Nevski, le tsar Ivan le Terrible, le prince Dimitri Pojarski, héros national enseveli au monastère...

Au-dessus de Souzdal résonne régulièrement le son mélodieux des carillons du monastère du Sauveur. Au niveau inférieur du clocher se dispose le tombeau de Dimitri Pojarski, ici se trouve également une effigie en mosaïque du Sauveur Pantocrator réalisée au XIXe siècle à l'académie impériale des Beaux-Arts de Saint-Petersbourg.

189. Monastère du Sauveur-Euphimievski. Tour Cochère. 1664

190. Monastère du Sauveur-Euphimievski. Eglise « sur porte » de l'Annonciation. Début du XVIe siècle

191. Monastère du Sauveur-Euphimievski. Eglise de la Dormition du Réfectoire. 1525

YOURIEV-POLSKI

Youriev-Polski (*polie*, en russe signifie champ, Youriev-des-champs) se dresse sur la route joignant Souzdal à Pereslavl-Zalesski. La route traverse les fertiles terres noires de cette contrée qui attiraient les princes qui voulaient s'établir ici. Un tel intérêt éveilla Youri Dolgorouki qui fonda la ville dans ce coin inhabité encore, mais dont la position stratégique, au centre des territoires du nord-est, était particulièrement importante. Youriev fut bâti au confluent de la Gza et de la Kolokcha alors navigable. L'attribut Polski lui fut ajouté pour différencier ce Youriev de deux autres, l'un près de Kiev, l'autre (aujourd'hui Tartu) sur le lac Tchoudsk. Youri Dolgorouki entoura la ville de fossés et de remparts (ils sont encore visibles de nos jours) hauts de sept mètres et long de un kilomètre. Les principaux monuments se concentrent à l'intérieur de l'enceinte dans la vieille ville. C'est en premier lieu la cathédrale Saint-George, chef-d'œuvre de l'art mondial, et l'ensemble des bâtiments formant le monastère de l'Archange-Saint-Michel. Ce monastère, fondé au XIIIe siècle, à peine achevé fut détruit par les hordes de Batû Qân. Les vestiges les plus anciens qui nous sont parvenus se trouvent dans la partie ouest

de l'enceinte avec les trois puissantes tours datant du milieu du XVIe siècle qui se distinguent par leur aspect des autres tours ouvragées plus tardives.

Les principaux bâtiments du monastère sont construits dans le style ornemental du XVIIe siècle, comme le clocher avec son toit en pyramide décoré de linteaux aux profils complexes. La partie inférieure de l'octogone est remarquable avec son bandeau de caissons imitant des lucarnes. Il est curieux de noter que la cathédrale de l'Archange-Saint-Michel, élevée à côté un siècle plus tard à l'époque où en Russie dominait le classicisme, a été construite suivant les principes de l'architecture médiévale. C'est un des premiers édifices avec les chefs-d'œuvre de Vassili Bajenov et Mikhaïl Kazakov à Moscou, où les architectes se donnèrent pour tâche de construire en utilisant les traditions architecturales de l'ancienne Russie. Les Portes Saintes surmontées d'une église sont très intéressantes. Cette construction avec deux arches d'entrée, de parade et ordinaire,est asymétrique ce qui confère à l'ensemble un dynamisme dans sa monumentalité. Actuellement, le monastère est un musée possédant une riche collection de sculptures en bois. Ici ont été transférées des villages voisins des ouvrages architecturaux en bois.

←

192. Le monastère de l'Archange-Saint-Michel. Fondé au XIIIe siècle

193. Monastère de l'Archange-Saint-Michel. Clocher (XVIIe siècle) et cathédrale de l'Archange-Saint-Michel (XVIIIe siècle)

194. Monastère de l'Archange-Saint-Michel. Eglise Saint-George transférée du village d'Egorie. 1718

195. Monastère de l'Archange-Saint-Michel. Portes saintes (1654) et l'église « sur porte » de Saint-Jean-l'Evangéliste (1670)

Cependant l'édifice le plus important reste la cathédrale Saint-George, le dernier chef-d'œuvre de l'architecture en pierre blanche de Vladimir. Malheureusement la cathédrale ne nous est pas parvenue dans ses formes originelles : elle s'écroula après un incendie. En 1472, elle fut reconstruite par des maçons moscovites dirigés par Vassili Ermoline. Ermoline avait déjà une solide expérience dans la restauration des édifices mais ici, sans plan donnant les dimensions ou la silhouette exacte de la cathédrale et la détérioration de nombreux blocs de pierre sculptés, il ne put rétablir qu'approximativement les volumes. En résultat, la cathédrale rénovée ne ressemblait guère à la primitive : les proportions étaient plus lourdes, le faîtage simplifié. Quoi qu'il en soit la cathédrale Saint-George produit une impression très forte. Construite après les églises de Vladimir, Bogolioubov et Souzdal, la cathédrale s'en distinguait par l'extrême profusion de son décor sculpté qui sur la surface des murs formait de vastes compositions à multiples personnages entrelacées d'ornements végétaux. Les sculpteurs du XIIIe siècle cherchaient à atteindre une harmonie complète entre le figuré et l'ornemental. Représentant des figures et des têtes (parmi les personnages on rencontre des portraits d'hommes historiques concrets comme celui du prince Sviatoslav) ils passaient du bas-relief au haut-relief et même à la ronde-bosse dans les chapitaux d'angle où figurent des têtes et des masques. Les ornements sont réalisés dans un bas-relief peu prononcé mais ils enlacent tout l'édifice et leurs lignes souples et dynamiques encadrent des sujets et des scènes plus statiques bien que plus plastiques et expressives. Le motif principal de l'ornement est un rameau fleuri trilobé, faisant penser au lys,

196. La cathédrale Saint-George. 1234

197, 198, 200. Cathédrale Saint-George. Détails des façades

199. Cathédrale Saint-George. Portail sud

qui symbolise le triomphe éternel et le renouveau de la vie. Dans ce motif végétal entrent parfois des lions à queue fleuronnée. La surface ornementale est si vaste et si compliquée que même de nos jours elle demande pour la comprendre, tant soit peu en détail, une grande patience et beaucoup de temps. Les historiens d'art sont arrivés à comprendre la technique de réalisation de cet ensemble. Une première équipe préparaît les blocs avec les motifs sculptés qui étaient ensuite assemblés pour former le mur. Après quoi, sur le mur appareillé on gravait dans la pierre les lignes de l'ornement végétal et la deuxième équipe commençait son ciselage. Ce n'est que de cette façon que l'on pouvait atteindre l'unité dans les entrelacs du décor couvrant les surfaces murales.

Youriev ne fut jamais un centre commercial ou industriel tant soit peu important, mais il se distingua par le talent de ses artisans. Les succès des agriculteurs de cette région très fertile étaient bien connus et ce n'est pas par hasard que sur le blason de la ville figurent deux paniers remplis de cerises.

Le district de Youriev-Polski est rattaché aux noms de plusieurs personnalités célèbres. Au village de Sima, dans le domaine des princes Golitsyne, mourut de ses blessures après la bataille de Borodino, le prince Piotr Bagratione. Dans le domaine de Varvarino, appartenant à la fille du célèbre poète Feodor Tioutchev, se trouva en exil pour ses convictions slavophiles, Ivan Aksakov. C'est ici que sur commande de Pavel Tretiakov, Ilia Repine réalisa son portrait.

201. Fabrication d'ouvrages en écorce de bouleau

202. Passe-temps

203. Eglise de l'Intercession (1769), clocher (seconde moitié du XIXe siècle), église Saint-Nicétas (1796)

L'ANNEAU D'OR

Album

Textes de *Tatiana Astrakhansteva* et *Victor Kalachnikov*
Traduit du russe par *Zénovi Spetchinsky*
Maquette et présentation de *Denis Lazarev*
Photographies de : *Barniev Valeri*, *Demidov Pavel*, *Filippov Vladimir*, *Kachnitski Alexandre*, *Rakhmanov Nikolaï*, *Savik Victor*, *Tchistobaïev Serguei*, *Troubski Oleg*

Rédaction *Irina Lvova*, *Irina Kharitonova*
Correcteur *Elena Chabalova*
Mise en page informatique *Elena Morozova*

Correcteurs des photogravures : *Kniazev Vladimir*, *Kondratov Alexandre*, *Kornilova Lioubov*, *Miagkov Alexandre*

Издательство «П-2». Санкт-Петербург
Отпечатано в ОАО «Печатный двор им. А.М. Горького». Зак. 827